마음이
콩밭에

가 있습니다

마음이
콩밭에

가   있습니다

최명기 지음

"금이라고 해서 모두 반짝이는 것은 아니듯이,
방황하는 이들 모두가 길을 잃은 것은 아니다."

- J. R. R. 톨킨

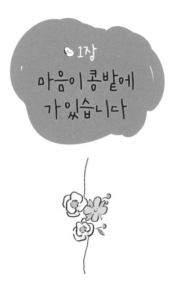

2장

'하나'에 집중할 수 없는 인간이 되어버린 걸까

3장
사람을 대하기가 갈수록 어려워지는 이유

4장
남들처럼 '무난하게'가 아니라
약간은 '특별하게'

에필로그

프롤로그

방황하는 이들 모두가
길을 잃은 것은 아니다

한창 일을 하다가도, 공부를 하다가도 어느새 머릿속에는 딴생각이 스멀스멀 자리를 잡는다.

… '그 일은 그냥 하지 않는 게 낫겠어.'

… '어제 말한 그것보다 더 나은 건 없나?'

… '그 책 제목이 뭐였더라?'

… '그 사람이 뭐라고 했지?'

한 가지 일에 오래 집중하지 못하고, 자꾸 딴생각에 빠지는 자신을 걱정하는 사람이 많다. 혹시 당신도 인터넷 창을 7~8개씩 켜놓고 생각이 날 때마다 열어보거나, 언제든 손이 닿을 수 있는 곳에 휴대폰을 두고 3분에 한 번씩 들여다보지는 않는가?

이렇게 다소 산만하거나 온갖 일에 관심이 많은 사람은 일단 어떤 일에든 마음이 꽂히면 꼭 행동으로 옮겨야 속이 시원하기 때문에 항상 몸과 마음이 분주하다. 그만큼 다양한 분야의 (언젠가는) 쓸데 있는 정보들을 많이 알고 있고, 하고 싶은 일도 많다. 경험해보지 않은 일에 눈을 빛내며 도전하는 편이고, 그때그때 관심이 가는 사람이나 물건, 취미에 시간이 가는 줄 모르고 빠져든다. 하지만 특유의 산만함 탓에 금세 또 새로운 미지의 세계를 찾아나선다.

하루에도 여러 번 생각이 바뀌기 때문에 아무리 푹 빠져 있었던 대상이라도 반짝거리던 열정이 식어버리면 다시는 뒤돌아보지 않는다. 떠오르는 생각을 즉흥적으로 행동에 옮기다 보니 세심함이 떨어진다는 지적을 받을 때도 있다. 심지어 같은 실수를 되풀이해서 스스로에게 자괴감이 들었던 순간도 여러 번이다. 설렘을 좇으며 살다 보니 때로는 전혀 생각하지 못한 방향에 서 있기도 해서, 주위에서는 당신을 어디로 튈지 모르는 사람으로 여긴다.

··· "그래서 그 일은 다 했어?"
··· "항상 정신이 딴 데 팔려 있는 것 같아."

… "진지하게 하고 있는 거야?"

… "이제 정착할 때도 된 것 같은데."

아마 주위에서는 당신에게 이렇게 걱정 섞인 충고를 늘어놓을 것이다. 자꾸 이런 이야기를 듣다 보면 점차 자신이 친구들에 비해 뒤처지고 있는 건 아닌지 불안해진다. '지금까지처럼 계속 방황하며 살아도 되는 걸까?' '사실 어느샌가 길을 잃은 건 아닐까?' 지금껏 만족했던, 때로는 자랑스러웠던 당신의 자유분방하고 호기심 많은 특성에 의심이 생겨나기 시작하는 것이다. 그런데 정말 딴짓 혹은 딴생각에 빠지는 것은 잘못된 일일까?

사실 스스로 산만하다고 자책하는 사람 중에는 성격이 명랑하고 밝은 경우가 많다. 한 가지에 몰두하지 못해서 고민인 사람은 다양한 분야에 골고루 재능을 나타내기도 한다. 또한 충동적으로 결정하는 자신이 걱정인 사람들은 누구보다 결단력이 있는 사람일 것이다. 지루함을 참지 못하는 것은 그만큼 새로운 일에 대한 호기심이 넘치기 때문이다.

이런 성향으로 고민하는 사람들의 이야기를 들어보면 대부분 어려서는 눈에 띄게 활발하고 밝아서 칭찬을 듣는 일이 많았다고 한다. 그리고 그때가 자신의 전성기였으며 중학교 이후부터 자신의 인생이 조금씩 무난하고 평범해졌다고 기억한다. 왜 그럴까? 사실 그때부터가 성적이 중요해지면서 집과 학교에서 받는 스트레스가 커지는 시기이기 때문이다. 환경적인 요인들 때문에 강제적으로 활발함이 줄어드는 것이다.

어릴 때를 떠올려보면, 활발하고 명랑한 아이들은 언제 어디서든 친구를 잘 사귀고 인사성이 밝기 때문에 조용한 아이들보다 더 많이 칭찬을 받곤 했다. 하지만 이런 아이들도 고등학교에 올라가면 몰라보게 바뀐다. 공부에만 최적화된 환경에 갇혀 지내다 보면 내적 에너지를 발산할 시간이 줄어들기 때문이다. 해가 지날수록 '철이 들었다'는 칭찬 아닌 칭찬을 듣고 예전의 활발함과 적극성을 잃어가면서, 그저 그런 평범한 어른으로 성장하게 되는 것이다.

… "무슨 일이든 계획을 세워야지."
… "넌 좀 끈기가 있어야 해."
… "때로는 참을 줄도 알아야지."

흔히들 성공을 하려면 이런 조건들이 필요하다고 하지만, 이는 결코 당신이 그리던 삶의 방식이 아니다. 한 자리에 정착하지 못한 채 방황하고 있다고 느끼는 당신에게 지금 필요한 건 어릴 때의 적극적이고 활동적인 기운을 되찾는 일이다. 영화 「인사이드 아웃」의 '빙봉'처럼 기억 저편으로 사라진 당신의 쾌활함을 불러내야 한다.

연료가 바닥난 자동차는 아무리 핸들을 이리 돌리고 저리 돌려봐도 앞으로 나아가지 않는다. 인생이라는 험난한 비포장 도로를 달리기 위해 활발함과 적극성이라는 연료를 다시 채우고 액셀러레이터를 밟는 방법부터 새로 배우자. 계획성, 참을성, 끈기, 조심성, 인내력과 같은 자기조절 브레이크를 신경 쓰기에 앞서 힘껏 달려야 한다. 에너지를 가득 충전한 뒤 액셀러레이터를 밟아서 차를 굴려보자.

사실 내가 이런 생각을 하게 된 계기는 상당 부분 내 어린 시절의 경험에서 비롯되었다. 나는 도통 지루함을 못 참는 산만한 아이였다. 초등학교 때 선생님은 수업 시간 도중에 '이어 읽기'를 시키곤 하셨다. 어떤 아이가 책을 소리 내어 읽다가 실수를 하면 바로 다른 아이가 이어서 읽는 방식인데, 시끌벅적하던 아이들도 그 시간만큼은 아무도 떠들지 않고 책 읽는 소리에 집중했다. 하지만 그럴 때조차도 나는 혼자 머릿속으로 딴생각에 빠져 있었다.

중학교, 고등학교 때도 매일 같은 자리에 앉아서 공부'만' 해야 하는 하루하루에 적응하기가 어려웠다. 특히 쥐 죽은 듯 조용한 야간자율학습 시간에는 거의 공부에 집중하지 못해서 금세 딴짓을 하곤 했다. 수업 시간에는 선생님 몰래 소설책을 꺼내 읽은 적도 많았다. 대학에 가서도 전공 특성상 고등학교 때와 마찬가지로 달달 외워야 하는 지루한 암기과목이 많아서 신입생 때에는 늘 정신을 딴 데 팔고 있었다. 언제 어디서든 쉽게 딴생각에 빠지는 나에게 적합한 공부 방식과 환경을 찾기까지 고된 방황은 계속되었다.

무조건 달달 외우는 공부 외에도 내가 지겨워하는 것이 또하나 있다. 바로 '뻔한 얘기'를 듣는 일이다. 교수님이든 선배든 동료든 했던 말을 반복하거나 흥미가 없는 주제의 이야기를 늘어놓으면 정말이지 답답해서 계속 듣고 앉아 있기가 어려웠다. 그래서 나는 애초에 사람들과 오래 함께 있는 자리는 되도록 피하는 편이다. 어쩌다가 모임에 참석해도 10분쯤 앉아 있으면 어김없이 슬슬 지겨워지고 엉덩이가 들썩거린다. 좋아하지도 않는 사람들을 만나 관심도 없는 얘기를 듣고 있느니, 혼자라도 자유롭게 휴식을 취할 수 있는 공간이 훨씬 더위로가 되어준다. 당신도 그렇지는 않은가?

결국 이 책은 나 같은 사람, 나와 비슷한 고민을 겪고 있는 사람을 위해 썼다. '나는 맞는 방향으로 가고 있는 걸까?' '내가 하고 싶은 일은 뭘까?' 이런 고민을 하는 당신은 더 나아가기 위해 방황하고 있을 뿐, 길을 잃은 것이 아니다. 지금 당신의 마음을 사로잡은 모든 것이 곧 당신의 길이며 가능성이다. 그러므로 당신이 가장 우선해야 할 일은 자신을 바꾸기 위해 애쓰는 것이 아니다. 대신 당신에게 가장 잘 맞는 사람과 환경을 찾아내는 일이다.

이 책에는 다음과 같은 내용이 담겨 있다.

1장 ✍️ 마음이 콩밭에 가 있습니다

1장에서는 당신을 비롯하여 '마음이 콩밭에 가 있는' 사람들이 가진 특별한 기질들을 소개한다. 다른 사람에게 지적을 받았거나 당신 스스로도 애써 숨기려 했던 특성들에 대한 오해를 풀고, 누구보다 당신이 먼저 스스로를 이해하고 받아들일 수 있도록 돕는다. 당신이 단시간 내에 많은 경험을 쌓을 수 있는 이유, 내성적이면서도 적극적인 사람의 유형 등을 확인할 수 있다.

2장 ⊙ '하나'에 집중할 수 없는 인간이 되어버린 걸까

2장에서는 자유로운 성향을 가진 당신이 한 살 한 살 나이를 먹어가면서 겪는 어려움과 불편들을 되짚어본다. '산만형 인간'이 앞으로 삶을 더 발전적인 방향으로 조율하기 위해, 스스로 문제라고 여기는 부분들을 바로잡는 방법에 대해 소개한다. 생각이 너무 많아서 겪는 혼란, 사회생활에 적응하기 위한 작은 팁 등 어떤 환경에서도 '나'를 잃지 않기 위한 일상의 기술을 알려준다.

3장 ⊙ 사람을 대하기가 갈수록 어려워지는 이유

이 장에서는 당신이 사람을 대할 때 생기는 실수들에 대해서 말하려고 한다. 사람을 만나서 알아가는 과정을 좋아하지만 당신의 산만하고 성급한 성격은 여러 번 스스로를 실망시켰을 것이다. '호감이 가는 사람', 최소한 '싫지 않은 사람'이 되기 위해, 타인을 섬세하게 배려하는 방법에 대해 알아본다.

4장 ⊙ 남들처럼 '무난하게'가 아니라 약간은 '특별하게'

당신은 다른 사람과는 다르다. 세상의 기준에 당신을 맞춰서 잘라내려 하지 말고, 스스로 어떤 환경을 원하는지 탐색하자. 세상이 강요하는 '성공한 삶'에 대한 고정관념을 버리고,

당신만의 방법으로 당신의 내일을 채워나가자.

　당신은 산만한 것이 아니라 다양한 곳에서 삶의 즐거움을 찾는 사람이다. 항상 눈을 반짝이며 새로운 무언가를 꿈꾸는 당신은 지금도 충분히 빛나는 존재다. 이 책을 통해서 당신이 가진 특별한 삶의 방식을 발견하기를 바란다. 걱정스럽던 부분들은 뒤로하고 다시 앞을 바라볼 수 있기를, 자신이 좋아하는 일이라면 하루 종일 해도 지치지 않기를 바란다.

청담하버드심리센터 연구소장

최명기

'지금까지처럼 계속
방황하며 살아도 되는 걸까?'

'사실 어느샌가 길을 잃은 건 아닐까?'

1장

마음이
콩밭에
가 있습니다

뻔한 일상에서도,
새로움을,
찾아내는 호기심.

　　　　　　호기심이 넘치고 자유분방한 사람들은
언제나 지금보다 더 많이 경험하고 싶어 한다. 새로운 것을 갈
망한다. 한곳에 오래 머무르지 못하고, 호기심이 충족되면 곧
미련 없이 등을 돌린다. 일에서도 마찬가지다. 만약 인생의 의
미를 돈이나 진급 등 눈에 보이는 성과에 둔다면 뚜렷하게 이
룬 게 없는 것처럼 보일 수도 있다. 하지만 영국의 희극 배우
찰리 채플린은 이렇게 말했다.

　　　　　　"왜 굳이 의미를 찾으려 하는가?
　　　　　　인생은 욕망이지, 의미가 아니다."

당신은 다른 사람들이 '정답'이라고 생각하는 길을 걷지 않

는다. 인생의 의미와 욕망 사이에서 당당히 '욕망'을 선택한다. 어차피 인간은 영원히 살 수 없고, 언젠가는 모두 죽음을 맞이한다. 지나온 시간을 떠올리는 인생의 마지막 순간, 내가 이룬 업적이나 성과보다는 결국 추억만이 머릿속에 남는다.

… "어릴 때부터 쭉 제 꿈은 세계일주예요. 여행은 거의 제 삶의 목적이나 마찬가지죠. 일도 여행할 만큼의 돈이 모이면 그만두는 식으로 반복했어요. 남들은 그렇게 살다가 나이 들어서는 어떻게 할 거냐는데, 글쎄요. 그건 그때 가서 생각해봐야죠."

… "저는 안 해본 일이 없어요. 새로운 일을 하는 게 좋아요. 아르바이트도 남들은 몸이 편하거나 시급이 높은 곳을 찾는데, 저는 그런 건 별로 신경 쓰지 않아요. 공무원 시험을 준비하는 친구들도 많은데 평생직장은 생각만 해도 힘들 것 같아요. 나중에는 몰라도 아직은 새로운 경험을 더 해보고 싶어요."

역사적으로도 이런 부류의 사람들은 모험을 좋아하고 탐험을 좇았다. 북극 정복에 도전했던 노르웨이의 탐험가 프리드

쇼프 난센은 어렸을 때 다른 일에 정신이 팔리면 옷이 불에 타고 있어도 몰랐을 정도였다고 한다. 만약 당신도 대항해 시대에 태어났다면 신대륙을 발견하는 탐험가가 되었을지 모른다.

아쉽게도 21세기에는 탐험으로 발견할 만한 신대륙이 거의 남아 있지 않지만, 대신 우리에겐 '일상 속의 탐구 대상들'이 속속 생겨나고 있다. 그때그때 유명한 맛집이나 카페, 요즘 뜨고 있는 여행지에 대한 정보들이 인터넷에 꾸준히 업데이트된다. 당신은 호기심이 많아서 누구보다도 먼저 새로운 것을 찾아내고 받아들인다. 여행을 떠날 때도 잘 알려진 관광지보다는 나에게 특별한 의미가 있는 곳, 흔하지 않은 여행지를 선호할 것이다. 당신의 삶을 구성하는 일들은 결국 모두 같은 맥락으로 이어져 있다. 낯선 것을 탐색하는 흥분, 이는 어떤 일이든 당신이 선택을 내릴 때 확실한 기준이 된다.

어렸을 때는 쓸데없는 데 관심이 많다는 핀잔을 들었을지도 모르겠지만, 새로움을 좇고 행동으로 옮기는 당신 같은 사람이 없었다면 (조금 과장해서) 우리는 아직도 수레를 끌고 다녔을 것이다. 전화도, 자동차도, 전기도 없었을지 모른다. 익숙한 것에 편안함을 느끼는 다른 사람들과는 다르게, 사소한 일에도 궁금함을 갖는 당신이 세상을 조금씩 변화시키는 셈이다.

당신은 이렇게 남들과 다르게 특별하고도 신선한 경험을 원하기 때문에 일상에서는 쉽게 싫증을 느끼는 경우가 많고, 상대적으로 지루하거나 평범한 일에는 도통 흥미가 가지 않는다. 주로 '나에게' 재미가 있거나 새로워 보이는 일에만 시간과 노력을 쏟는다.

한 가지 일에 익숙해졌다 싶으면 금세 새로운 곳을 쳐다보면서 엉덩이를 들썩이고, 그러다 지금까지 경험해보지 못한 어떤 것을 발견하면 미련 없이 다시 길을 떠난다. 끊임없이 자극을 추구하기 때문에 이벤트 없는 일상이 길어지면 삶이 재미없고 무료하다는 생각을 하게 되는 것이다.

그렇게 재미를 찾아 이리저리 떠돌다가 시간이 흘러 어느 시점에 이르면 불쑥 후회가 밀려오기도 한다. 제대로 끝마친 일 없이 너무 가볍게만 살아온 건 아닌지 불안한 마음이 생기는 것이다. 이때 당신의 마음속에서 '양가감정'이 문제의 싹을 틔운다. 이는 어떤 일을 싫어하면서 동시에 좋아하고, 안 되는 걸 알면서도 포기할 수 없는, 두 가지의 대립되거나 모순되는 감정이 공존하는 상태를 말한다.

항상 새로운 것을 좇지만 때로는 자신도 스스로의 욕망을 채우기가 버거워지기도 한다. 가끔은 남들처럼 한 우물을 파

싫어하면서 동시에 좋아하고,
안 되는 걸 알면서도 포기할 수가 없어

보자고 다짐했다가도 어느새 정신은 다시 딴 데 가 있다.

　나이를 먹을수록 선택의 기로에서 갈등은 더욱 커진다. 우리의 인생은 게임처럼 어느 한쪽을 선택했다고 해서 극적으로 달라지지 않는다. 누군가는 당신을 걱정하거나 철이 없다고 생각할 수도 있다. 하지만 당신은 매 순간을 충실히 경험하면서 다채로운 삶을 살아가고 있다. 당신의 인생은 누구보다 선명한 색을 띠고, 미지의 영역을 향해서 달려가고 있다. 가장 당신을 선명하게 보여주는 것은 지금 당신의 눈에 띈 반짝임이다.

　영화 「블레이드 러너」의 마지막 장면에서 복제인간 로이 배티는 이렇게 말한다.

　　　"나는 너희 인간들이 믿지도 못할 것들을 보았지."

　당신 역시 그렇다. 앞으로도 남들이 보지 못한 것을 보고, 듣지 못한 것을 듣고, 경험하지 못한 일들을 경험할 것이다. 빠르게 변화하는 당신의 인생을 억지로 한 자리에 붙잡아두려고 애쓰지 마라. 그건 당신을 아예 다른 사람으로 만드는 일이고, 결국 시간만 낭비하게 될 뿐이다.

Try. and. Error,
안 되면,
말고!

일반적으로 해결해야 할 문제를 맞닥뜨렸을 때 선택할 수 있는 방법에는 두 가지가 있다. 첫 번째는 최대한 정보를 수집하고 체계적인 계획을 세워서 차근차근 문제를 분석하며 접근하는 방법이고, 다른 하나는 일단 부딪쳐서 간을 보는 방법이다.

첫 번째 전략을 택하는 것이 실패할 가능성이 더 적을 수는 있다. 천천히 시간을 들여 매 과정마다 어떤 실패 가능성이 있는지 예상해서 대책을 세우거나 계획을 조정할 수도 있을 것이다. 하지만 갑자기 찾아올 선택의 순간에 실제로 그렇게 일을 착착 해나갈 수 있는 가능성은 매우 제한적이다. 기회는 우리를 기다려주지 않으며 선택의 순간은 갑자기 찾아오기 때문이다. 일찍이 이를 깨달은 영국의 소설가 조지 버나드 쇼는 자신의 묘비에 이런 말을 남겼다.

"우울쭈울하다가 내 이럴 줄 알았지."

'돌다리도 두들겨보고 건너라'라는 속담이 있긴 하지만, 그
러는 사이에 물이 불어나서 돌다리가 사라져버릴 수도 있다.
특히 지금처럼 수요와 공급이 넘쳐나는 시대에 너무 완벽한
타이밍만 기다리다가는 평생 당신에게는 기회가 주어지지 않
을 수도 있다.

반대로 두 번째 전략은 어떨까? 이 책을 읽고 있는 당신이라
면 아마도 일단 부딪쳐보는 전략이 더 익숙할 것이다. 장단점
을 재고 따질 시간에 일단 가능성이 더 높아 보이는 쪽을 선택
하는 것이다. 하고 싶은 일, 갖고 싶은 물건이 생기면 하루라도
빨리 그것을 손에 넣고 싶어서 안달복달하는 게 당신이기 때
문이다.

당신은 여러 번 실패를 반복하고 시행착오를 겪으면서 방향
을 거듭해서 조정해오곤 했을 것이다. 하지만 이 방법은 꽤 무
모하고 때론 위험해 보여서 주변의 걱정과 우려를 살 수 있다.

… "또 충동적으로 결정한 거 아니야?"

… "그러게 처음부터 신중하지 그랬어."

… "그러다 또 후회한다."

… "언제까지 삽질만 할 거니?"

그렇게 부정적인 의견에 떠밀려 서서히 자신감을 잃다 보면, 차근차근 첫 번째 전략을 수행하지 못하는 자신을 탓하는 마음도 들게 된다. 하지만 사실은 전혀 그럴 필요가 없다. 두 접근 방식의 차이를 다시 한번 생각해보자.

사실 이 두 가지 전략은 각각 다른 상황에서 사용할 때 효과적이다. 시험공부처럼 구해야 할 정답이 정해져 있거나 대략적인 상황이 예측 가능한 경우에는 가급적 계획을 세워서 도전하는 첫 번째 전략이 유리하다. 더불어 준비할 시간이 많거나 실패했을 때의 위험이 너무 큰 상황에서도 유용하다.

하지만 내가 갖고 있는 정보가 부족하고 이마저도 언제 변할지 모르는 불확실한 상황에서는 두 번째 전략이 사실상 더 유리하다. 어느 쪽이 최선인지 정답을 알 수 없는 상황이라면 '안 되면 말고'라는 태도로 일단 도전하여 최대한 정보를 얻어내고, 틀렸다 싶으면 빨리 포기한 후 다른 방법을 찾아봐야 한

다. 영어권에서는 이를 흔히 '트라이 앤드 에러Try and Error'라
고 표현한다. '되면 하고, 아님 말고' 같은 식이다. 언제 상황이
바뀔지도 모르는데 지나치게 치밀한 계획을 세워봐야 시간 낭
비일 뿐인 것이다. 예를 들어 주식 투자에서도 시장이 극도로
혼란스러워지면 투자 전문가가 선택한 종목이나 원숭이가 다
트를 던져서 선택한 종목이나 마찬가지다. 월드컵 우승팀을
축구 황제 펠레보다 문어 파울이 더 잘 맞혔던 것도 같은 이치
라고 볼 수 있다.

때로는 나의 행동이 불확실한 상황을 나에게 유리한 쪽으로
변화시키는 요인이 될 수도 있다. 내 시도가 타인에게 영향을
미칠 수 있을 때는 더더욱 신속하게 사소한 행동이라도 취해
보아야 한다. 그럴수록 내가 주도적으로 상황을 이끌 가능성
이 커지는 법이다.

살다 보면 좋은 것과 나쁜 것 사이에서 결정해야 하는 순간
보다 나쁜 것과 더 나쁜 것 사이에서 결정해야 할 순간이 더
자주 찾아온다. 좋은 것과 나쁜 것 중에서 골라야 할 때는 고민
할 필요가 없지만, 나쁜 것과 더 나쁜 것 사이에서는 결정을 내
리기가 쉽지 않다. 어차피 좋은 것을 선택할 수 없는데도 되도
록 더 나쁜 일은 피하고 싶기 때문이다. 그렇게 나쁜 것과 더

나쁜 것 사이에서도 결정을 미루다 보면 언젠가 선택지는 더 나쁜 것과 최악으로 변해 있을 수도 있다. 이때는 내가 아니라 상황이 나를 결정하게 된다.

그런 점에서 본다면, 이것저것 따지고 재기보다는 일단 빠르게 선택하는 게 더 나은 결과를 가져올 수도 있다. 이미 좋은 것을 선택할 수는 없음을 깨달은 순간, 최대한 빠르게 그다음을 선택함으로써 최악을 피하는 것이다.

일단 부딪쳐보기를 시도하는 당신의 선택은 틀린 것이 아니다. 충분히 유의미한 도전이며 멋진 모험이다. 이제 나 자신을 혼란스럽게 하는 주변의 말에 휘둘리지 말자. 당신이 가진 본연의 감정을 오랜 기간 억지로 자제하다 보면 갑갑함을 느낄 수 있다. 당신이 가진 충동성은 다르게 표현하면 '결단력'이 되고, 부주의는 다르게 말하면 '대범함'이 된다. 일단 결심이 섰다면 주저하지 말고 발을 뻗자. 아니다 싶으면 재빨리 원래의 자리로 돌아와 생각을 정리하면 된다.

계획을 세워야 한다는 압박에서 벗어나 먼저 행동을 취하는 원래 모습으로 돌아온다면, 뭔가 하고 싶다는 생각이 들었을 때 어떻게든 해결할 방법을 찾을 수 있다. 당신은 세세한 조건 하나하나에 얽매이지 않기 때문에 목표한 일에 더 집중할

수 있다. 망설이기만 하다가 기회를 놓치는 것보다는 일단 도
전해보고 결과를 스스로 판단하는 것이 훨씬 더 미래지향적인
결정이 아닐까.

고정관념에,
사로잡히지,
않는 사람,

　　　재레드 다이아몬드의 『문명의 붕괴』에는
이런 이야기가 소개된다. 한때 바이킹은 북유럽의 그린란드를
지배한 적이 있었다. 그때만 해도 그린란드는 지금처럼 얼음
이 뒤덮인 척박한 땅이 아니었기 때문에 노르웨이 출신의 바
이킹은 목축과 농경 생활을 이어갈 수 있었다. 그러나 곧 소빙
하기가 닥쳐오면서 기온이 급격하게 떨어지기 시작했다. 그럼
에도 바이킹은 기존의 생활방식을 고수하며 변화를 받아들이
지 않았다.
　하지만 반대로 현지 이누이트는 적극적으로 추위에 적응해
나갔다. 이글루를 지어 추위를 피하고 고래와 바다표범의 기
름을 태워 집을 난방했다. 바이킹은 끝끝내 이누이트의 생활
양식을 미개하다고 여겨 멸시하면서 도움을 구하지 않았고,

결국 마지막까지 추위와 배고픔에 괴로워하다가 한꺼번에 멸망했다. 변화를 거부한 대가를 혹독하게 치른 것이다.

만약 당신이 바이킹과 같은 상황에 놓였다면 어땠을까? 당장에 이누이트를 찾아가 이글루 짓는 법, 그린란드에서 생선잡는 법을 배웠을 것이다. 새로운 시도를 주저하지 않기에 어떤 변화도 쉽게 받아들일 수 있는 것이다. 또한 그럴 수 있다는 것은 자신을 지탱하는 기준이 확고하기 때문이기도 하다. 당신은 지난 과거에 얽매이거나 의미 없는 고정관념에 사로잡히지 않는다. 사람이든 직업이든 직장이든 나에게 적합한지는 자신만이 판단할 수 있다. 이렇게 사회가 만든 기준에 흔들리지 않는 성향은 주로 창업가, 예술가, 발명가, 혁명가 들에게서 많이 나타나기도 한다.

누가 뭐라 해도 고집스럽게 밀어붙이기 때문에 일단 한번 마음을 먹으면 누구도 당신을 말릴 수 없다. 평소에는 무난한 성격이어도 절대 양보할 수 없는 특정한 분야가 있으며, 뭔가에 꽂히면 스스로 만족할 때까지 헤어나오지 못한다. 주위에서 아무리 말려도, 안 될 거라고 비아냥대도 결국 해내고야 만다. 주차장 창고에서 컴퓨터를 만든 스티브 잡스도, '개러지

garage(차고)'처럼 좋은 환경이 없어도 누구나 음악을 할 수 있다는 의미에서 '개러지 록' 장르를 만들어낸 사람들도 마찬가지다. 그들은 주위의 시선을 중요하게 생각하지 않았다. 지금 자신이 하고 싶은 일에 몰두하고 열중했을 뿐이다. 이런 성향이 반드시 성공의 열쇠가 된다고 할 수는 없지만, 때로는 누구도 상상하지 못한 성과를 만들어내기도 한다.

누가 시켜서 해야 하는 일은 지루해서 못 견뎌 하는 성향의 사람들도 자기가 좋아서 하는 일에는 지치지 않고 빠져드는 모습을 보일 때가 많다. 자신의 내면에 분출하지 못한 에너지가 가득한 것이다. 정신과 용어 중 '마치 모터가 달린 듯이 돌아다닌다'는 표현이 꼭 알맞다. 이들은 꽂히는 일을 할 때는 쉴 새 없이 아이디어를 구상하고, 스트레스를 받는 일이 생겨도 금세 잊어버리고 다시 몰두한다.

대표적으로 영화 「아이언 맨」의 실제 모델인 일론 머스크를 예로 들 수 있다. 그는 대학 시절부터 자신이 하고 싶은 일 세 가지를 정했는데, 바로 인터넷, 청정에너지, 그리고 우주 개발이었다. 그가 설립한 온라인 금융서비스 회사는 페이팔의 전신이 되었고, 현재는 로켓 제조회사인 스페이스X, 전기자동차 회사인 테슬라의 CEO가 되었으니 거의 꿈을 이루었다고 볼 수 있다. 일주일에 100시간 이상 일한다는 머스크는 폭발하는 내적 에너지를 양분 삼아 아무도 발견하지 못한 미지의 기술을 향해 빠르게 다가서고 있다.

한 가지 일에 쉽게 지루함을 느끼는 대신, 낯설고 새로운 관심사를 찾아나서고 또 그럼으로써 맞닥뜨리게 되는 변화를 자연스럽게 받아들이는 당신에게도 분명 아직 분출되지 못한 내적 에너지가 많을 것이다.

지금 헤매고 있다고 해서, 상황이 계속 바뀌고 있다고 해서 흔들릴 이유가 없다. 지나간 일은 지나간 일이니 금세 잊어버리면 그만이다. 대신 언제 다가올지 모르는 새로운 반짝임을 기다리자. 그것이 변화에 강한 당신의 특별한 강점이다. 또한 고정관념에 사로잡히지 않는 그런 도전의식이 결국 당신을 더 넓은 세계로 이끌 것이다.

당신의.
'순간'은.
빛나고 있다.

세계적인 심리학자이자 스탠퍼드대학교 명예교수인 필립 짐바르도는 존 보이드와 함께 저술한 책 『나는 왜 시간에 쫓기는가』에서 사람들이 시간에 대해서 어떻게 생각하는지를 알아보기 위한 '시간관 검사'를 소개했다.

누군가는 과거에 매여 있을 것이고, 누군가는 현재를 충실히 사는 데 의미를 둘 것이고, 다른 누군가는 미래를 가장 중요하게 생각할 것이다. 시간에 대해서 느끼는 감정도 사람마다 다르다. 현재를 즐기는 사람이 있는 반면, 현재에서 벗어나고 싶은 사람도 있다. 누군가는 운명이 이미 정해져 있다고 생각하지만, 어느 한쪽에서는 미래를 바꾸기 위해 노력한다. 짐바르도의 시간관 검사에 따르면 인간은 다음과 같은 여섯 가지 시간관을 지닌다.

과거 부정적 시간관 … 어제 내가 왜 그랬을까

과거 긍정적 시간관 … 내가 왕년에는 말이야

현재 숙명론적 시간관 … 이미 이렇게 된 거 어쩔 수 없지

현재 쾌락적 시간관 … 먹고 죽자!

미래지향적 시간관 … 적금을 몇 개 더 들어야겠어

초월적인 미래지향적 시간관 … 저는 윤회를 믿어요

그리고 각각의 시간관은 사람마다 강하게 나타나기도 하고 약하게 나타나기도 한다. 이러한 연구 결과를 토대로 짐바르도는 삶을 더 긍정할 수 있는 시간관의 황금비율을 제시했는데, 이는 다음과 같다.

강한 과거 긍정적 시간관 … 대학 생활에는 전혀 후회가 없어요

약한 현재 숙명론적 시간관 … 상황은 언제든 바꿀 수 있으니까요

비교적 강한 현재 쾌락적 시간관 … 기회가 언제 또 올지 모르잖아요

비교적 강한 미래지향적 시간관 … 내년쯤에는 아파트로 이사 가고 싶어요

결국 맞고 틀린 것은 없다. 과거를 추억하느냐, 현재를 즐기느냐, 미래를 대비하느냐 하는 관념의 차이일 뿐 긍정적으로 삶을 바라보는 것이라면 모두 시간관의 황금비율인 셈이다.

늘 새로운 재미를 찾는 당신은 과거나 미래보다는 '현재'를 보는 사람이다. 지나간 일이나 앞으로의 일보다는 지금의 순간이 가장 중요할 것이다. 그런 당신에게, 내일에 대비하는 것이 우선인 계획적인 사람들은 잔소리를 늘어놓거나 타박하기 일쑤다. 이솝 우화 속 개미와 베짱이의 교훈을 삶의 규범으로 삼는 그들에게는 '현재'만 바라보고 있는 것이 한심해 보일지도 모른다.

… "언제까지 대책 없이 일을 벌이기만 하면서 살 거야?"
… "벌써 서른이 넘었는데 돈은 얼마나 모았어?"
… "너 그렇게 살다가 말년에 고생한다."

그들은 '현재 쾌락적' 시간관을 이해하지도 받아들이지도 못한다. 하지만 막상 그렇게 잔소리하는 이들이 대단한 삶을 살고 있는 것도 아니다. 무척 계획적으로 산다고 하지만 인생이 늘 계획대로 이뤄지는 것은 아니기 때문이다.

인생을 결정하는 것은 상당수가 우연이다. 학교 다닐 때 1등을 하던 학생이 과연 지금도 학교 다닐 때 노력한 만큼 잘 살고 있을까? 직장에서 죽어라 일하는 이들이 과연 정년까지 직장을 다니는가? 최소한의 노력은 물론 필요하다. 하지만 필요 이상으로 노력하지 않는 것도 그에 못지않게 중요하다. 시험에서 100점 만점을 받으려면 100만큼의 노력이 필요하다고 해보자. 200만큼의 노력을 쏟아도 100점 이상을 받을 수는 없다. 그렇다면 100 이상은 노력하지 않는 것이 합리적인 것 아닐까? 90만큼 노력하면 대체로 90점을 받지만 운이 좋으면 100점도 나올 수 있다고 생각해보자. 100점이 안 나올까 봐 강박적으로 200만큼의 노력을 쏟아붓느니 90만큼 노력하고 남은 10은 현재를 즐기는 데 쓰는 게 합리적일 수도 있다.

'지금'이 가장 중요한 사람이라면, 해도 그만 안 해도 그만인 일에 부딪쳤을 때는 안 하는 것이 답이다. 대신 현재를 즐기는 것이 정신 건강에 더 좋은 일이다. 때론 열정적으로 최선을 다했는데도 결과가 안 좋게 나올 수도 있다. 그러면 쓸데없는 짓을 했다는 생각을 할 게 아니라 재미있게 했다는 데 의미를 두면 된다. 일도, 인생을 살아가는 것도 마찬가지다. 당신의 빛나는 순간순간을 충실히 즐기고 열정을 다했다면, 그것만으로도 충분히 값진 경험이 된다. 그러니 당신은 지금까지처럼 현재를 열심히 살아가면 되는 일이다.

프랑스의 정신분석가 자크 라캉은 우리가 살아가는 세상을 현실계, 상상계, 상징계라는 용어로 나누어 표현했다. 현실계가 지금 나의 현재를 말한다. 그런데 인간은 항상 현재 나에게 없는 것을 욕망하면서, 나에게 존재하지 않는 세상을 상상한다. 현실계에서 상상계로 이동하려고 하는 것이다. 그러다 상상하던 것이 막상 실현되면 그때부터는 상상계가 현실계로 바뀌게 되고, 인간은 다시 새로운 무언가를 욕망하기 시작한다.

그렇게 욕망이 이동하며 반복되는 곳이 상징계이자 우리가 살아가는 세상이다. 상징계가 계속 펼쳐지는 것이 곧 인생인 것이다. 그러므로 삶의 목적은 무언가를 소유하는 것, 이미 소유한 것을 지키는 것이 아니다. 무언가를 이루는 과정, 그 자체를 즐기는 것. 그것이 본래 우리가 살아가는 가장 큰 이유일지도 모른다.

가끔은,
인생에도, 재부팅이,
있었으면, 좋겠다.

　　　　　나는 드물게 전문의 자격을 따고서 MBA
과정을 마친 이력이 있어서, 때때로 MBA에 관심이 있는 의사
들이 조언을 구할 때가 있다. 그들에게 우선 전문의를 취득하
라고 설명하면 다들 크게 실망한다. 그들 중 상당수는 아직 전
문의를 취득하지 않은 사람들인데, 사실 MBA는 직장에서의
경력을 중요하게 생각한다. 그러니 나도 정신과전문의 자격을
취득한 후에 MBA에 지원했던 점이 좋은 영향을 주었다고 생
각한다. 하지만 그들은 전문의가 되는 대신 MBA에 진학하고
싶은 것이었기 때문에 기대한 대답이 아니었을 것이다.
　게다가 MBA에 합격하기 위해서는 토플과 GMAT 점수도
필요하고, 당연히 점수가 높을수록 좋은 학교에 합격할 가능
성이 크다. 내가 생각하는 최선의 시나리오는 일단 레지던트

에 지원해서 합격한 후, 전공의 과정 4년 동안 틈틈이 영어공부를 해서 1년에 2번 정도 TOEFL과 GMAT 시험을 치며 점수를 높이다가, MBA에 지원하는 것이다. 하지만 인턴과 레지던트 과정을 밟고 싶지 않아서 뭔가 그럴 듯한 다른 길이 없을까 생각하다가 현실도피용으로 미국 유학을 떠올린 사람들은 나의 교과서적인 조언에 잔뜩 실망해서 돌아간다.

　이처럼 의대를 졸업하고 나서도 의사가 적성에 맞지 않는 것 같아 새로운 진로를 찾는 사람들이 많다. 사실 우리나라에서 의사는 선호도가 꽤 높은 직업이다. 의사는 환자를 진료하고 돈을 받는데도 환자들은 아픈 곳이 나으면 의사에게 고마워한다. 그리고 의사가 어떻게 치료하느냐에 따라서 환자의 상태도 크게 달라지다 보니, 다른 곳에서는 무조건 반말부터 나가는 환자들도 의사에게는 존댓말을 쓴다. 무엇보다 다른 직종보다 수입도 많은 편이다. 이런 점을 종합해서 생각해보면 나는 의사처럼 좋은 직업이 또 없을 것 같은데, 힘든 의대를 다 마치고 나서 다른 직업을 꿈꾸는 건 왜일까?
　아마 성향 자체가 환자를 대하는 일이 어려운 사람일 수 있다. 의사는 매일 처음 보는 환자를 만나야 하는 직업이다. 그런데 우리나라는 특히 '의사'라는 직업의 특수성만 보고 지원한 사람이 많다 보니 사람을 대하는 일이라는 특성은 간과하는 경우가 흔하다. 자신이 모르는 사람과 대화를 할 때 힘들어 하는 성향이라는 생각은 미처 하지 못한 것이다. 이런 사람들은 막상 의대를 졸업해도 의사가 되기는 쉽지 않다. 피부봉합이나 주사를 놓는 작은 시술에서도 너무 겁을 많이 내고 손이 떨려서 진료가 불가능하다.

비단 의사뿐만이 아니라 자신의 직업에 회의감이 들면 누구나 현실도피를 꿈꾼다. 가끔은 인생에도 재부팅이 있었으면 좋겠다는 생각이 들기도 한다. 직장 생활에 질리면 학교로 돌아가고 싶어 하거나 이민을 고민하기도 하는데 사실 이는 주기적으로 돌아오는 하나의 패턴이다. 다만 자유로운 성향의 사람에게는 이 주기가 짧고 고민이 보다 진지하다는 차이가 있다. 이는 당신이 다른 사람보다 현실에서 답답함을 더 많이 느끼기 때문이다.

일이 잘 풀릴 때는 하고 싶은 것도 많고, 사고 싶은 것도 많고, 먹고 싶은 것도 많아서 더 활동적이고 의욕적으로 생활한다. 그래서 삶이 발전적인 방향으로 빠르게 변화한다. 그런데 일이 뜻대로 풀리지 않을 때에는 부정적인 방향으로도 빠르게 나아간다. 안 좋은 쪽으로 뻗어나가는 생각을 멈출 수가 없어서 불안하고 초조해진다. 어떻게든 이 상황에서 빨리 벗어나 지금 내 앞의 골칫덩어리는 버리고 그럴듯하면서 멋진 일을 새로 시작하고 싶다. 지금 당신을 가두고 있는 벽을 깨고 낯설고 신기한 곳으로 날아가고 싶다. 나에게 맞는 환경을 찾으면 남은 내 삶도 달라질 수 있을 거라고 생각한다.

이런 얘기를 하면 다들 어른이 되어서도 철이 없다고 지적한다. 이제는 현실을 똑바로 볼 때라고 충고한다. 그런데 현실도피가 정말 그렇게 나쁘기만 한 것일까?

사실 현실도피인지 아닌지는 그 허무맹랑한 꿈을 정말 실현하느냐에 달려 있다. 처음에는 현실도피에서 시작했더라도 그 목표를 정말 이룬다면 그것은 이제 당신의 현실이 된다. 최근에는 일반인이 오디션 프로그램을 통해서 데뷔하는 경우가 많은데, 그중에는 너무나 힘든 사연을 가지고 있는 사람들도 많다. 그들이 어려운 현실에서 벗어나기 위해서 가수를 꿈꾸었을 때, 주위에서는 단순히 현실도피라고 치부했을 수도 있다. 하지만 숨겨진 재능을 갖고 있었던 사람들은 괴로운 현실에서 벗어나고자 하는 절실한 마음이 힘으로 작용했을 것이다. 처음에는 현실도피로 시작했더라도 실제로 도전해보지 않고서는 누구도 그 결과를 함부로 예상할 수 없다.

살면서 정말 막다른 길에 몰렸을 때, 이러지도 저러지도 못하는 상황을 맞닥뜨렸을 때는 비록 현실도피라고 손가락질 받더라도 눈 딱 감고 진심으로 하고 싶은 일에 도전해보는 것도 필요하다. 현실을 마주하면 마주할수록 괴로워서 죽고 싶어진다면, 적극적으로 현실을 외면하자. 호랑이 굴에 잡혀가도 정신만 바짝 차리면 살 수 있다고 하지만 실제로는 눈 뜨고도 코가 베이는 세상이다. 무서운 호랑이의 이빨을 눈앞에 두고 언제 죽을지 몰라 공포에 떨고만 있느니, '이건 꿈이야'라고 생각하면서 딴생각에 빠지는 것이 낫다.

어려운 상황에 처할수록 더 아득바득 마음을 독하게 먹어야 한다는 조언들이 넘쳐난다. 열심히 노력하다 보면 꼭 해결될 거라고 말한다. 하지만 인생은 모든 일이 반드시 해피 엔딩으로 끝나지는 않는다. 아무리 노력해도 소용 없는 순간들이 자주 닥쳐온다. 너무나 절망스러워서 '로또에 당첨되면 돈을 어디에 쓸까?' '유학을 간다면 어디가 좋을까?' 같은 상상을 하면서 하루하루 시간이 지나가길 기다리는 것밖에 할 도리가 없을 때도 있다.

때로는 냉혹한 현실을 마주하기보다 현실도피가 도움이 되기도 하는 법이다. 잔불마저 꺼져버리면 다시 불을 붙이기가 훨씬 어려워진다. 현실도피를 불쏘시개로 삼아 희망의 불씨를 피워내는 것도 나쁘지 않다. 그렇게 시간이 흐르면 괴로움도 좌절도 어느새 과거로 밀어낼 수 있다.

현실도피가 전혀 예상하지 못한 결과로 이어지는 경우도 있다. 내가 좋아하는 영화 중에 조엘 코엔 감독의 「오 형제여, 어디 있는가?」가 좋은 사례다.

영화에는 세 명의 죄수가 등장한다. 셋은 그중 에버렛이라는 좀도둑이 감옥에 붙들려오기 전에 숨겨놨다는 120만 달러의 거액을 찾기 위해 탈옥을 감행한다. 그런데 사실 묻혀 있다고 한 돈은 애시당초 존재하지 않았다. 쇠사슬에 함께 묶여 있던 동료들을 끌어들이기 위해 에버렛이 지어낸 거짓말이었을 뿐이다. 하지만 그들은 숨겨진 돈을 쫓는 과정에서 더 엄청난 보물을 찾아내게 된다.

회사 생활이 힘들고, 가정생활도 힘들고, 하루하루 버텨내기 힘든 순간은 수시로 찾아오기 마련이다. 하지만 순간순간을 넘기다 보면 언젠가 우리가 상상도 못했던 보물이 나타날지도 모른다. 앞에서 말한 영화의 주인공 역시 보물을 만나기까지 엄청난 시련을 겪었고, 때로는 손해도 감수해야 했다. 당신도 지금 당장은 현실도피에서 출발했을지언정 그 꿈을 내가 이루고 말겠다며 이리 뛰고 저리 뛰다 보면, 예상치 못하게 의미 있는 발견과 성공을 이룰 수도 있는 것이다.

다음 글은 영화의 도입부에서 주인공들의 운명에 대해서 알려주는 한 노인의 예언이다. 지금이 힘들고 괴로워 도망치고 싶은 사람들, 희망이 있긴 한 건지 반신반의하는 사람들에게 용기가 되었으면 한다.

"큰 보물을 찾아봐. 자네들이 같이 사슬에 묶여 있긴 하지만 그래도 찾을 수 있을 거야. 혹시 자네들이 원하는 보물이 아닐 수도 있어. 그래도 일단은 멀고도 어려운 길을 가야 해.

가는 동안 많은 것들을 보게 되고 이야깃거리도 많아지겠지. 그 길이 얼마나 먼지 말해줄 수는 없지만, 장애물들을 두려워하지 말게. 운명이 자네들에게 보상할 테니까. 가는 길이 굽이치고 지치더라도 포기하지 말고 따라가다 보면 결국 구원을 받게 될 거야."

지금 이 순간에도,
'나'를 바꾸려는,
당신에게,

언제든지 새로운 사람으로 다시 태어날 수 있다고 주장하는 책들이 많지만, 현실적으로 그게 정말 가능할까? 그러기 위해서는 도대체 얼마나 피나는 노력을 해야 하는 걸까? 평소보다 일찍 일어나고 안 하던 운동을 시작하면 스스로 달라졌다고 느낄 수도 있겠지만, 눈으로 볼 수 없는 내면의 본성은 언제든 다시 살아날 수 있다. 내가 아닌 다른 사람이 된다는 것은 불가능한 일이다. 그런데도 어쩌면 당신은 지금 이 순간에도 타고난 자신의 성격을 고치기 위해 노력하고 있을지 모른다.

나를 바꾸고 싶다는 것은 결국 현재의 나에 만족하지 못한다는 뜻이다. 하지만 스스로를 인정하지 않는다면 당신은 자기불만의 저주에서 벗어나지 못한다. 진짜 내가 어떤 사람인지 있는 그대로 받아들이는 것이 우선이다.

　나는 내 삶에 대해 어떤 태도를 갖고 있는지 생각해보자. 어쩌면 '나'라는 사람을 이해하기 위해서는 가장 먼저 자신에게 주어진 역할을 받아들여야 할 것이다. 친구 사이에서, 가정에서, 직장에서 자신의 역할에 대한 습관적인 불만을 줄여나가야 나 자신을 존중하는 마음도 키워나갈 수 있다.

　사회에 첫발을 내딛을 때는 다 나름의 꿈을 갖고 있다. 이것을 하기 위해서, 저것을 하기 위해서, 이것을 바꾸기 위해서, 저것을 바꾸기 위해서, 이것을 없애기 위해서, 저것을 없애기 위해서 살아가고자 한다. 하지만 인생을 살다 보면 하고 싶었던 대로 살아가기가 쉽지만은 않다.

　갈등이나 문제가 생기면 누구에게나 자연스럽게 부정적인 생각이 자란다. 어디서든 원인을 찾아 탓하고 싶어진다. 나 자신에게로 책임을 돌리는 것이다. '그때 나서지 않았다면' '괜히 일을 벌여서'라며 적극적으로 살았던 자신이 문제였다고, 쓸데없이 욕심을 부렸다며 자책한다. 부정적으로 생각하는 것이 문제인데 애꿎게 자신의 적극성이 문제였다고 착각하는 것이다. 그러면서 이제부터는 시키는 일만 하면서 조용히 살아야겠다고 생각한다. 그러나 자신이 가진 적극적인 성향을 억지로 소극적으로 바꾸려 할수록 당신의 자존감은 낮아지고 자격지심이 비대해진다. 점점 부정적이고 비관적인 사람이 되어가는 것이다.

이미 일어난 상황 때문에 나 자신을 탓하지도, 앞으로 일어날 상황에 억지로 나를 맞추려고 하지도 말자. 한 사람의 성격과 개성은 조각을 만드는 일과 같다. 똑같은 나무도 어떤 목적인지에 따라서 대문이 될 수도 있고, 탁자나 침대, 울타리가 될수도 있다. 하지만 본질적으로 나무가 쇠처럼 단단해질 수는 없고, 바위처럼 무거워질 수도 없다. 그러니 나의 타고난 본성을 바꾸려하지 말자.

지금 당신에게 필요한 것은 좋아하는 일을 최대한 많이 경험해보고 어떤 환경이 나에게 맞는지 최선을 찾아나가는 일이다. 나와 맞지 않는 일에 시간을 낭비하지 말자. 좋아하는 일과 싫어하는 일을 얼른 구분해내는 것도 어른의 기술이다.

2장.

'하나'에
집중할 수 없는 어른이
되어버린 걸까

집중력이.
나에게 허용해준.
시간.

　　　　　　상담을 하다 보면 의외로 일에 집중하지
못해 고민하는 어른들이 적지 않다. 스스로 고민이 될 정도로
집중하는 시간이 짧은 사람이라면 어렸을 때부터 주의가 산만
했을 가능성이 크다. 준비물을 자주 빠뜨리고, 크고 작게 다치
는 일도 잦았을 것이다. 물론 가정통신문도 매번 온데간데없
이 사라졌을 테지만, 그래도 어린아이라면 이 정도의 사소한
실수쯤은 눈감아줄 수 있다.
　하지만 성인이 되어서도 이런 산만함이 계속되면 일상이 불
안해진다. 지난 회의록을 찾느라 상사를 한참 기다리게 하거
나, 자신이 좋아하는 곳은 깨끗하게 정리하지만 관심이 없는
곳은 엉망진창인 채로 몇 날 며칠을 보내기도 한다.

이런 유형의 사람들이 일을 할 때에는 자꾸 딴짓을 한다. 그리고 '딴짓 때문에' 일하는 속도가 느려진다고 생각한다. 어제는 친구와 메신저를 하느라, 오늘은 인터넷 쇼핑을 하느라 해야 할 업무를 마치지 못했다고 말이다. 하지만 한 가지 일을 끝내는 데 걸리는 시간이 길어지는 이유가 과연 인터넷과 휴대폰 때문일까?

다르게 생각해보면, 인간의 집중력에는 한계가 있기 때문에 뇌에 일을 시켰으면 그만큼의 휴식은 필요하다. 안 그래도 지겨운 일을 하고 있는데 잠시잠깐 인터넷도 할 수 없고, 휴대폰도 할 수 없다면 하루 종일 집중해서 일할 수 있을까? 억지로 일에만 집중하려고 주위를 깨끗이 비워도 스트레스만 더해질 뿐이다. 담배를 피우거나 편의점에라도 들르기 위해 사무실을 들락날락하게 될 것이다. 괜히 화장실에 가서 손이라도 씻고, 자꾸 커피를 마셔서 밤에 잠을 이루지 못할 수도 있다.

얼핏 생각하면 딴짓, 딴생각에 일을 방해받는 것 같지만, 그 잠깐 한숨을 돌리는 시간이 사실은 매일매일 '나인 투 식스9 to 6(오전 9시 출근, 오후 6시 퇴근)', 최소 8시간 이상의 근무를 견딜 수 있게 해준다. 잠시 한눈을 팔기도 하지만 매일 성실하게 출근하고 있지 않은가? 당신에게는 충분히 일하면서 게으를 권리가 있다.

하지만 마감이 있거나 우선적으로 끝내야 하는 일을 할 때
는 단기간 집중하는 시간을 늘릴 필요가 있다. 인간의 집중력
은 그릇에 담긴 물과 같아서 하루에 쓸 수 있는 양이 정해져
있다. 따라서 무언가 끝내야 하는 일이 있을 땐 집중력이 나에
게 허용해준 한정된 시간을 최대한 끌어올리는 것이다. 당장
내일이 시험이라거나 오늘까지 끝내야 할 보고서가 있는데도
온전히 집중하는 데 어려움을 겪고 있다면, 그때는 조금 다른
방법을 시도해보자.

　우선 첫 번째는 컴퓨터 사용을 의식적으로 차단하고 종이에
써가며 작업을 하는 방식이다. 와이파이를 피해 인터넷이 닿
지 않는 곳에서 일하고 있다면 모르겠지만, 일단 컴퓨터로 작
업을 하다 보면 쉽게 인터넷 창을 켜고 가십거리라도 찾아보
게 될 것이다. 더군다나 하기 싫은 일일수록 그만큼 딴짓에 할
애하는 시간도 늘어난다. 그러니 인터넷이 필요하지 않은 문
서 작업을 할 때는 종이에 전체적인 틀을 잡은 후에 컴퓨터를
켜서 옮겨 적어보자.

　문서 파일 역시 출력해서 보는 편이 더 집중이 잘 된다. 나는
대학 시절, 영 공부가 되지 않는 날에는 교재를 들고 걸으면서
소리 내 읽고는 했다. 스트레스가 심하던 시험 기간에 기분 전
환도 될뿐더러, 똑같은 자리에 앉아서 모니터 화면만 보며 공

부하는 것보다 더 글자에 집중할 수 있었다. 아직까지도 중간고사 기간에 캠퍼스 벤치에 누워 시험 예상문제를 외우던 기억이 생생하다. 물론 그때의 습관은 지금도 이어져, 여전히 나는 책을 읽을 때 온 방 안을 헤집고 돌아다닌다.

신체적으로도 인간의 몸에 관절이 많은 이유는 움직이기 위해 만들어졌기 때문이다. 오랫동안 앉은 자세를 유지하면 척추가 휘어지고 폐가 숨을 쉴 공간이 좁아지기 때문에 뇌의 활동도, 집중력도 떨어진다. 무엇보다 허리가 안 좋은 사람에게는 걷기가 가장 도움이 되는 운동이다. 운동량이 턱없이 부족한 사람이라면 해야 할 업무 관련 서류를 출력해 손에 들고 걸어 다니면서 읽어보자.

슬슬 일하기가 지겨워질 때쯤에는 장소를 바꿔보는 것도 좋은 방법이다. 쉽게 딴생각에 빠지는 사람이라면 오전에는 도서관, 오후에는 카페, 할 일이 정말 많다면 밤에는 집, 이런 식으로 자리를 옮겨 다니면서 공부해보자. 회사에서도 마찬가지다. 하루에 외근을 몰아서 처리하는 것보다 하루 동안 내근과 외근을 적절히 분배해서 일하는 편이 효과적이다.

최근에는 지나치게 적막한 곳에서는 오히려 집중이 되지 않는다며 카페를 찾는 사람들이 많아졌는데, 이는 이른바 '백색 소음' 때문이다. 나도 글을 쓸 때는 영화나 음악을 작게 틀어놓는 편인데, 보통 대화 소리 정도의 소음은 완벽하게 조용한 상태보다 집중력과 창의력을 높여준다는 연구 결과도 있다. 최근에는 온라인에서 백색 소음 파일을 다운로드 받을 수도 있다. 자꾸 딴생각에 빠져 진도를 나가기가 어렵다면 온라인에서 '서울대 도서관 백색 소음' '바닷가 백색 소음' 또는 '카페 소음'을 검색해서 주변의 적막함이나 거슬리는 소음을 덮는 용도로 활용해보자.

마지막으로 위에 열거한 방법들도 모두 소용이 없는 순간에는 차라리 뽀모도로 테크닉Pomodoro Technique을 활용해 체계적으로 딴짓을 하는 것도 유용하다. 이는 토마토 모양의 타이머를 사용해 25분은 집중해서 일하고 5분은 자유롭게 휴식하는 방식인데, 애플리케이션으로도 이용할 수 있어 간편하다. 또한 집중해서 일한 시간이 어느 정도인지 체크해주기 때문에 휴식 시간에 갖는 죄책감을 덜 수 있다. 해야 할 일을 충분히 하지 못하고 있다고 느낀다면, '나는 왜 항상 대충 넘어가려고 할까'라며 자책하고 있다면, 업무와 휴식 시간을 분리해서 실제로 내가 하루에 얼마나 일하고 있는지를 확인해보자.

나는.
생각이.
너무 많아.

가만히 누워 있어도 머릿속에는 이런저
런 생각들로 가득하고, 컴퓨터 앞에 앉거나 스마트폰을 들어
도 이곳저곳 흥미로운 정보를 찾아 기웃거린다. 생각이 사방
으로 뻗어나가는 사람이라면 하루 종일 집에 있어도 마음은
늘 분주할 때가 많을 것이다. 하지만 이렇게 끊임없이 생각이
이어지다 보면 어김없이 문제가 발생하고 만다.

우선 이 생각에서 저 생각으로 옮겨가다 보면 뻗어나가는
생각의 꼬리를 잡느라 하나의 일을 끝마치기가 어렵다. 하던
일을 채 마무리하기도 전에 또 다른 생각에 빠져버린다. 일을
할 때도 아이디어는 많은데 하나하나 실행에 옮기자니 손이
모자라서 주위 사람들에게 도움을 청할 수밖에 없다. 본인은

좋은 아이디어를 나눈다고 생각하겠지만, 주위 사람들의 입장에서는 할 일이 늘어나니 귀찮아질 수도 있다. 만약 당신이 부하 직원이라면 상사로부터 '엉뚱한 일에 신경 쓰지 말고 하던 일이나 잘하라'는 핀잔을 들을지도 모른다. 반대로 당신이 상사라면? 그럼 더 큰일이다. 당신이 벌인 일을 진행하고 마무리 짓는 것은 모두 부하 직원의 몫이 되어버리니 최악의 상사로 낙인찍힐 게 분명하다. 부하 직원이 언제 사직서를 내도 이상하지 않을 것이다.

사람을 대할 때 내 생각의 늪에만 빠져 있으면 다른 사람을 배려하거나 상대방의 입장을 세심하게 고려할 수가 없다. 생각을 발전시키는 일도 좋지만, 다른 사람의 감정을 이해하는 일도 중요하다. 예를 들어 누군가 슬퍼하고 있다면 지금 그 사람에게는 위로가 필요하다. 하지만 그의 손을 잡아주거나 어깨를 토닥이기에 앞서 '어떻게 위로하지?' '나라면 저런 상황에서 어떻게 했을까?'라는 생각에 빠지다 보면 결국 상대방의 슬픔에 공감하고 위로하는 것이 아니라, 어설픈 훈수로 오히려 상대를 불편하게 만들 수 있다.

때로는 생각이 너무 많아서 탈이라는 지적도 받는다. 인생에 도움이 될 다양한 생각을 하는 것은 좋지만 경우에 따라선 쓸데없는 괜한 생각으로 빠질 때도 많기 때문이다. 더욱이 자신이 빠져든 생각에 다른 사람까지 끌어들이는 경우도 왕왕 생긴다. 문제는 다른 사람에겐 '왜 굳이 그런 생각까지……' 싶은 이야기를 매번 반복한다는 데 있다.

> … "스스로도 별일 아니라고 생각하면서도 친구들에게 어떻게 생각하는지, 제가 어떻게 해야 할지 계속 물어보게 돼요. 그게 사람들을 지치게 만드나 봐요. 이런 상황이 반복되니까 다 저를 피하는 것 같아요. 저도 이런 제가 싫은데, 같은 일이 생기면 또 그러고 있을 것 같아요."

넘치는 생각들이 오히려 걸림돌이 될 때는 과감히 생각을 멈춰야 한다. 머릿속 움직임에 휴식기가 필요한 순간이다. 바쁘게 돌아가는 쳇바퀴를 멈춰야 새로운 생각을 채울 빈틈이 생긴다. 하지만 속도를 내서 달리다가 갑자기 제자리에 설 수 없듯이, 언제나 새로운 생각으로 채워지는 머릿속을 비우는 일도 쉽지 않을 것이다. 걱정되는 일이 생기면 길을 걷다가도, 잠자리에 누워서도 그에 대한 생각이 머릿속에서 떠나지 않는다. 그럼 어떻게 해야 할까?

보통은 조용한 곳에서의 명상이나 요가를 추천하지만, 이는 항상 사부작거리며 지루함을 참지 못하는 당신에게 적합한 방법이 아니다. 마음을 가라앉히기 위해서 깊은 산이나 한적한 바닷가를 찾는 사람들도 있지만 당신이라면 적막한 장소에서 더더욱 머릿속이 과열될 것이다.

뒤죽박죽인 생각을 말끔히 지우기 위해서는 오히려 새로운 뭔가에 열중해야 한다. 몸을 움직여서 불필요한 생각, 해가 되는 생각을 밀어내보자. 때로는 설거지, 세차, 요리, 청소 등 집안일이 도움이 된다. 특히 오랜 시간을 들여 천천히 목욕이나 마사지를 하는 등 신체의 감각과 관련된 일이 효과적이다.

만약 자신의 머릿속이 우울하거나 나쁜 생각으로 가득 차 움직일 힘조차 없다면, 의외로 스마트폰이 생각을 떨쳐낼 수 있도록 도와줄 것이다. 스마트폰을 보고 있는 시간은 아무 의미가 없다는 이야기를 들어왔지만, 지금 우울감에 깊이 빠져 있다면 스마트폰으로 잠시 현실을 잊으면서 시간을 흘려보내는 것도 좋다. 그래야 어느 정도 마음이 회복되고 슬픔을 털어낼 힘도 생긴다. 실시간 검색어를 보거나 좋아하는 웹툰을 읽는 등 어떤 일을 하더라도 상관없다. 그저 스마트폰을 만지는 시간 동안만은 다른 생각이 떠오르지 않게 하자.

인간은 감정에 지배되는 동물이라는 점에서 온라인 게임도 나쁜 생각을 떨칠 수 있는 좋은 방법이다. 흔히 조깅이나 스쿼시, 검도, 농구 등 운동으로 땀을 흘리며 감정을 풀어내라고 권하는 사람들이 많다. 그런데 화가 많이 나서 게임을 한다고 하면 왜인지 한심하게 바라본다.

하지만 실제로 키보드와 마우스를 격렬하게 두들기면서 게임에 몰입하는 것은 격한 운동만큼이나 감정을 해소하는 데 도움이 된다. 게다가 화가 난다고 평소보다 술을 많이 마셔서 내 몸을 상하게 하고 다른 사람에게도 피해를 주는 일보다는 훨씬 더 낫지 않은가.

마지막으로 스트레스를 받으면 일단 잠을 자는 사람도 있는데, 실제로 잠이야말로 안 좋은 생각을 멈추는 최고의 방법이다. 한숨 푹 자고 일어나면 신기하게도 마음이 꽤 정리될 뿐만 아니라 감정 자체도 달라질 때가 있다.

사실 우리는 자면서도 꿈을 통해서 또 다른 형태의 생각을 한다. 꿈속에서는 제약이 없으니 생각이 비현실적인 방식으로 흐르지만, 오히려 그런 과정을 통해 현실에서 나를 조여오는 문제를 다른 방식으로 환기하는 것이기도 하다. 그러니 생각이 너무 많을 때는 일단 방을 조용하고 어둡게 만든 뒤 푹 자

는 게 상책이다. 그것만으로도 어느 정도는 자가 심리 치료를
받은 것 같은 효과를 누릴 수도 있으니 말이다.

'무모하게'가, 아니라, '용감하게'.

산만하고 호기심이 많은 사람들은 대체로 겁이 없기 때문에 위기에 처했을 때에도 용감하게 나설 수 있다. 하지만 용감하다는 것은 다르게 생각하면 '위험을 간과한다'는 뜻이다. 이런 유형의 사람들을 상담하다 보면 스릴을 즐기는 성향이 크게 나타난다. 주위에서는 위험할 수 있다고 충고해도 일단 욕망에 사로잡히면 다른 것은 눈에 들어오지 않는다. 그 정도는 충분히 할 수 있겠다고 생각한다. 스스로 만족할 때까지 경험해봐야 직성이 풀리는 것이다.

특히 직장에 대해 고민할 때에는 당신이 가진 정보가 대부분은 미약하기 때문에 내 선택의 위험도를 파악하기가 쉽지 않다. 하고 있는 일은 이제 어느 정도 안정 궤도에 올랐지만 나이가 들어서도 할 수 있을지는 미지수고, 이대로 그냥 가만히 있으면 금세 도태되어버릴 것 같은 불안감이 들 때도 있다. '언젠가는 독립해서 내가 하고 싶은 일을 해야지' 생각하지만 지금의 안정적인 상황을 포기하고 불확실한 기회를 찾아 무작정 떠날 수도 없다.

그럴 때 극단적으로 보이는 선택의 위험을 낮추는 방법이 있다. 바로 '산만함'을 활용한 나름의 준비다. 하나만 선택할 수 없다면 두 가지 방향을 동시에 '그럭저럭' 진행하면 된다. 당신이 회사에 다니고 있는 동안은 회사가 가진 노하우를 최대한 활용해서 미래의 나를 위해 열심히 경험을 쌓으며 일을 하되, 새로운 흥밋거리를 찾는 일도 포기하지 않는 것이다.

당신은 용감하다. 무모하다고 판단하고 있었다면 생각을 다시 고쳐먹자. 기회가 찾아왔을 때, 머뭇거리지 않고 적극적으로 나설 수 있는 것은 커다란 장점이다. 그러니 이를 일상적인 상황에서도 보다 적극적으로 활용하자.

다만 당신의 자신감이 자만심의 경계에 들어서지 않도록 주의해야 한다. 위험을 인지하지 못하는 것은 대개 자신감이 지나쳐 자만에 빠지기 때문이다. 자신감은 내가 지닌 능력을 객관적으로 인지하고 그에 따라 행동하는 것이지만, 자만심은

하나만 선택할 수 없다면,
'그럭저럭' 두 가지를 동시에!

자신을 사실보다 지나치게 높이 평가하는 것이다. 호기심이 많고 들뜬 상태의 사람들은 보통 사람들보다 자만심에 빠지기 쉽다. 자기 객관성을 잃은 사람은 가분수처럼 기우뚱한 모양새로, 자기 평가치는 크고 실제 능력치는 작아서 언제 쓰러질지 모르는 위태위태한 모습을 하고 있다.

일상생활에서 자신감과 자만감을 구분하기가 어렵다면, 타인에게 비판을 받을 때를 떠올려보면 금세 알 수 있다. 자신감이 있는 사람은 지적을 받더라도 문제를 객관적으로 받아들인다. 반대로 자만심에 차 있는 사람은 부정적인 의견에 저도 모르게 과민반응을 보이며 지나치게 동요한다.

자신감이 있는 사람은 성공과 실패의 가능성이 공존할 때 흥분한다. 기회가 왔을 때 잡을 수 있도록 미리 산만하게 여기저기 손을 뻗어놓는다. 반면 자만심에 빠진 사람은 불구덩이에 뛰어드는 불나방과 같다. 아무런 대책이 없으면서도 '어떻게든 될 거야'라고 무조건 긍정적으로 상상한다. 그러다가 (역시나) 생각만큼 일이 잘 풀리지 않으면 자존감이 크게 떨어지기도 한다.

당신은 어떤가? 새로운 무언가를 좇고 있는 지금 당신의 마음은 자신감일까, 자만심일까 생각해보자. 자만심이라면 경계

하되 자신감만큼은 잃지 말자. 위험을 외면할 만큼 무모해지
지는 않되 기회를 향해서만큼은 얼마든지 용감해지자.

감정의,
힘은,
강하다.

흔히 이성과 감정은 서로 견제하는 것이라고 생각한다. 하지만 이성이 감정에 지배당하게 되면 제 역할을 하지 못한다. 도리어 감정을 강화시키는 쪽으로만 생각하게 된다. 충동구매를 하게 되는 심리가 그렇다. 사고 싶다는 감정에 사로잡힌 후에 지금 그 물건을 사야 하는 합리적 이유를 생각해내는 것이다.

그런 충동성은 사람에 대한 감정에도 적용된다. 누군가를 좋아하는 감정에 사로잡히면 어떻게 해서든 그 사람을 좋아해야 하는 이유를 만들어내고, 누군가를 미워하는 감정에 사로잡히면 어떻게 해서든 그 사람을 싫어해야 하는 이유를 만들어내는 것이다.

내적인 활발함이 가득 찬 사람들에게는 특히 더 감정의 힘이 크게 작용한다. 그래서 감정의 기복이 심한 편이라는 이야기를 종종 듣기도 한다. 물론 그게 꼭 나쁜 것만은 아니다. 가수나 배우, 디자이너처럼 예술적 감각을 발휘하는 이들 중에는 감정의 기복이 심한 사람들이 많다. 감정의 힘을 자신의 능력으로 잘 발휘하는 것이다. 또 이런 사람들은 무언가를 해냈을 때의 흥분과 쾌감 그 자체가 일을 하는 강력한 동기가 되기도 한다. 사업가가 계속해서 새로운 시도를 하고 사업을 확장하려는 것 역시 쾌감 때문이다. 뭔가 새로운 일을 벌여야 직성이 풀리는 것이다.

따라서 자신의 감정을 의도적으로 억눌러야 할 이유는 없다. 감정을 잘 느끼고 감정에 잘 사로잡힌다는 것은 다르게 생각하면 큰 장점이다. 그리고 감정이라는 것은 원래 생각대로 조절할 수가 없다. '앞으로 감정에 사로잡히지 말아야지' 하고 결심한다고 해서 쉽게 이루어지는 일이 아니라는 것이다. 그렇다면 감정은 어떻게 대하는 게 좋을까?

감정을 애써 조절하려 하지 말고, 대신 감정의 이면에 존재하는 또 다른 감정에도 조금 주의를 기울여보자. 무리해서 뭔가를 소유하려고 할 때, 너무 빨리 누군가와 사랑에 빠질 때, 예측하기 힘든 투자를 할 때 흥분이라는 감정 이면에, 마음속 어딘가에는 불안과 두려움이라는 감정도 존재한다. 그때 그 불안과 두려움이라는 감정을 외면하거나 부정하지 말고 온전히 느끼자. 나도 어쩌지 못할 만큼 폭주하는 감정에 일종의 브레이크가 되도록 하는 것이다. 그렇게 잠시 멈춰서 시간이 조금 지나면 거셌던 감정의 파고도 잠잠해지는 순간이 올 것이다. 그리고 그때, 이전엔 보이지 않던 새로운 점들도 발견하게 될 것이다.

인생에도,
베이스캠프는,
필요하다.

아직 기어 다니는 아기들이나 이제 막 걸음마를 뗀 아이들은 앞을 향해 가다가도 수시로 엄마가 어디에 있는지 뒤를 돌아 확인한다. 그런데 아이들마다 어느 지점에서 멈춰 서는지가 다르다. 어떤 아이는 한 걸음을 뗄 때마다 뒤를 돌아보면서 엄마에게 그만큼 가까이 오라고 손짓을 하고, 엄마가 가까워지지 않으면 울음을 터뜨린다. 다른 아이는 꽤 한참을 가다가 돌아봤을 때 엄마가 생각보다 멀리 있다고 느끼면 그 자리에서 멈춰 선다. 그리고 어떤 아이들은 뒤에서 엄마가 불러도 멈추지 않는다.

적극적이고 에너지가 넘치는 사람들은 걸음을 멈추지 않는 아이와 비슷하다. 무작정 앞을 보고 가느라 내가 얼마나 멀리

왔는지를 생각하지 못한다. 그래서 때로는 이미 돌아오기에 너무 먼 길을 와버려서 되돌아갈 수도 없는 경우가 발생하기도 한다.

어두컴컴한 공간에서 빛이 새어 들어오는 문을 향해 달려갈 때는 그 너머에 대단한 무언가가 날 기다리고 있을 거라는 기대에 빠져 있다. 문을 힘껏 열어젖히고 아무것도 발견하지 못하고 나서야 지금까지 무작정 문만 보고 달렸다는 것을 깨닫는다. 혹은 사막 한가운데서 오직 사막을 벗어나야 한다는 마음으로 한참을 달렸는데 기름이 떨어져 더 이상 차가 움직이지 않는 것이다. 밤이 되어 기온이 떨어지면 그때서야 자신이 얼마나 무모했는지 비로소 깨닫는다.

노르웨이의 탐험가 로알 아문센은 영국의 탐험가 로버트 스콧과의 경쟁에서 이기고 최초로 남극을 정복했다. 두 사람의 여정에서 눈여겨봐야 할 점은 아문센은 극지를 정복하고서도 무사히 귀환했지만, 스콧은 실패했다는 사실이다. 아문센은 목표 지점을 향해 가면서도 돌아올 때를 대비해 곳곳에 식량을 저장해두었다. 반면에 스콧은 남극을 빨리 정복하려는 데 급급해 귀환 전략에 소홀했다. 결국 아문센은 목표 지점을 반환하고 돌아올 수 있었지만 스콧은 도중에 비극을 맞게 된다.

등산에는 '베이스캠프'라는 말이 있다. 험한 산을 오르거나 탐험을 할 때 곳곳에 식량이나 짐을 저장해두어 때때로 휴식을 취할 수 있는 공간이다. 인생에도 베이스캠프가 필요하다. 실패하더라도, 길을 잃더라도 기댈 곳은 있어야 하는 법이다. 어디로 가야 할지 모르는데 의지할 곳도 없다면 계속 걸을 힘이 빠져버릴지도 모른다.

> …"저는 지금까지 제가 하고 싶은 대로 살았어요. 남들은 공무원 시험을 준비하건, 취업을 하건 뭔가 세상에 속하는 걸 목표로 하지만 저는 다른 삶을 살고 싶었어요. 그때는 분명 내가 원해서였는데 요새는 모르겠어요. 어느 순간 돌아보니 주위에 아무도 없더라고요. 제가 너무 세상을 우습게 봤나 봐요."

하고 싶은 일을 주저하지 않고 추진해나가는 것, 그 자체는 장점이다. 하지만 뭔가에 도전할 때는 적어도 다시 시작할 수 있는 비빌 언덕도 마련해놔야 한다. 혼신의 힘을 기울이는 것도 중요하지만 혹시라도 일이 잘 풀리지 않을 때를 대비한 최소한의 발판은 남겨놓아야 한다.

그리고 무엇보다 중요한 것은 '사람'이다. 예상치 못하게 회사를 그만두거나 갑자기 내리막길을 걷게 될 때 기댈 수 있는 가족과 친구들이 사실은 가장 따뜻한 인생의 베이스캠프다. 인생에서 지켜야 할 소중한 것은 언제나 눈에 보이지 않는 가치들에 존재하는 법이다. 지금도 늦지 않았다. 내가 언제나 믿고 기댈 수 있는 언덕, 나만의 베이스캠프를 만들어두는 것도 잊지 말자.

꼭 한 우물만,
파라는 법은,
없다.

        당신은 비교적 크게 고민하지 않고 결정을 내리는 타입일 것이다. 그리고 일단 마음을 먹고 나면 뒤를 돌아보지 않는 편이다. 지나간 일은 금방 잊어버리고, 이왕 벌어진 일은 되도록 긍정적인 시각으로 바라보려고 한다. 당신의 이런 성향이 누구나 긴장하게 되는 상황에서도 태연하게 행동할 수 있게 만든다.

  위험을 감수하면서도 단호하게 결단을 내릴 수 있는 건 일반적인 사람들에게는 흔치 않은 능력이다. 보통은 되도록 안전하게, 어떻게든 위험을 피해가기 위해서 다른 사람들의 행동을 따라 하는 경우가 대부분이다.

  하지만 그런 당신도 때로는 이래도 괜찮은 건지 의심이 들 때도 있을 것이다. 맞는 방향으로 가고 있는 건지 확신이 서지 않는다면, 만약을 대비해 '본진'에 다리를 걸쳐놓을 필요가 있다. 새로운 것에 마음을 빼앗겼더라도 언제든 돌아갈 수 있는 자리를 남겨두는 것이다.

기회만 닿으면 지금 직장을 그만두고 아예 다른 직업을 준비하고 싶지만, 새로운 일을 시작하기 전에 지금 하던 일을 단박에 끊어내버리지는 말자. 성격상 두 가지에 신경을 쓰려니 조금 답답하더라도 원래 쥐고 있던 끈을 꼭 잡고 '양다리'를 걸쳐보자. 그래야 새롭고 반짝반짝해 보이던 일에 흥미가 떨어지거나 갑작스레 전망이 어두워져도 최소한의 내 생활을 유지할 수 있는 법이니 말이다.

살면서 꼭 둘 중에 하나를 골라야 할 필요는 없다. 하나를 얻기 위해 꼭 하나를 버려야 하는 것은 아니며, 내가 바라는 삶을 살기 위해서 꼭 안정된 삶을 포기할 필요는 없다. 꼭 한 가지만 선택해야 한다는 강박을 버리자. 양쪽의 장점을 모두 취하면서 안정적이고도 자유로운 삶을 그릴 수도 있다.

대표적인 성격 유형 검사인 MBTI의 네 가지 선호 지표에 따르면, 판단형judging인 사람은 빠르고 합리적이며 옳은 결정을 내리고자 한다. 또 한 번 마음을 정하면 잘 변하지 않으며 스스로도 심지가 굳다. 반대로 인식형perceiving은 어떤 상황에든 자신을 맞추는 편이다. 모험이나 변화에 대한 열망이 높고 호기심도 충만하다. 만약 당신이 자유롭고 도전에 적극적인 자신의 성향을 보다 온전히 받아들이기 위해서는 '인식형'에 대해 더 잘 이해할 필요가 있다. 이들은 아침에 내린 결정도 저녁에 번복할 수 있고, 갑작스런 변화에도 유연하게 대처하며, 휠지언정 꺾이지 않는다.

지금 당신이 유럽에서 여행을 하고 있다고 가정해보자. 내일 파리에서 런던으로 이동할 예정이었는데 비행기에 문제가 생겨서 운항이 취소되었다. 이때 판단형인 사람이라면 '내일 런던에 간다'는 원래의 일정을 지키기 위해 어떻게든 비행기나 기차, 버스 등 다른 교통수단을 찾으려고 최선을 다할 것이다. 반면 인식형이라면 이왕 이렇게 된 김에 파리를 한 번 더 둘러보며 쇼핑이나 하기로 마음먹을 것이다.

흔히 이런 상황에서 판단형 인간은 어른스럽게 대처한다고 생각하는데, 인식형 인간은 왠지 즉흥적이며 대책이 없다고 여긴다. 이런 무의식적인 선입견을 갖게 된 이유는 영화나 소설, 위인전에 등장하는 인물들이 주로 '판단형 인간'이었기 때문이다. 그들은 죽을 때까지 첫사랑을 잊지 못하며, 어릴 때의 약속을 지키기 위해 목숨을 버리기도 한다. 우리는 매체를 통해 서서히 그런 태도를 동경하도록 배워왔다. 반대로 쉽게 마음을 바꾸거나 도전 정신을 버리고 안정을 택한 사람들을 소신이 없다고 여겨왔다.

사회의 기준에서 본다면 판단형 인간을 더 선호할 수도 있다. 예측하기가 쉽기 때문이다. 그들은 한 번 주먹을 내면 끝까지 주먹을 내고, 한 번 가위를 내면 끝까지 가위를 낸다. 그래서 돌발 행동 없이 일사분란하게 움직여야 하는 기업 같은 조직에서도 지금까지는 판단형 인간이 주류를 이뤘다.

한 직장에 20년 이상 근속하거나 같은 동네에서만 수십 년을 살았던 이전 세대에게는 '한 우물을 파라'는 속담이 여러 면에서 유효했을지도 모른다. 사회가 정한 기준에 맞춰 살면 변화가 없으니, 굳이 방향을 바꿀 필요를 느끼지 못했기 때문이다. 그러나 지금 세대는 다르다. 무수한 경쟁에 떠밀리면서 집도 회사도 빠르게 바뀌는 변화무쌍한 환경에서 자신의 힘으로 살아남아야 한다.

이제는 꼭 한 우물만 팔 필요는 없는 세상이다. 얼마든지 다른 길을 꿈꾸고 다른 방향을 생각하며 여러 돌다리를 두드려봐도 된다. 내가 지금 서 있는 곳에 중심을 두고 있으되 관심이

관심이 가는 분야에는
언제고 적극적인 자세로
귀를 활짝 열어둘 것

가는 여러 분야에 귀를 활짝 열어두자. 그래야 정말 중요한 선택을 내려야 하는 순간에 어떤 옵션이 나에게 유리한지를 판단할 수 있을 것이다.

실패를, 받아들이는, 최선의 방법,

사람마다 실패를 받아들이는 방법에는 차이가 있다. 대개는 문제가 생기면 원인을 찾아 탓하고 싶어 한다. 누구든 책임을 져야 한다고 생각하거나 이번에는 운이 나빴다고 여기기도 한다. '내 잘못은 아니야' '사람들이 도와주질 않았어'라고 변명하며 스스로를 합리화하기도 한다. 때로는 나의 노력이나 능력이 부족했다고 생각할 때도 있다.

여기서 착안해 미국의 심리학자 줄리언 로터는 무슨 일이 생겼을 때 원인을 '외부'에서 찾는지 '내부'에서 찾는지에 따라서 사람의 성향을 통제위치Locus of control라는 개념으로 구분했다. 이에 따르면 문제의 원인을 내부에서 찾으면 '내적 통제성향', 외부에서 찾으면 '외적 통제성향'이 강하다고 볼 수 있다. 예를 들어보자.

A라는 사람은 성공하기 위해서는 그만큼 자신이 많이 노력해야 한다고 생각한다. 그래서 일이 잘 안 되면 자신의 노력이 부족했다고 탓한다. 반면에 B라는 사람은 운이 따라야 크게 성공할 수 있다고 생각한다. 그래서 일이 잘못되면 운이 나빴다고 여긴다. A는 미리 계획을 세워야 일을 수월하게 진행할 수 있을 거라고 생각하는 반면, B는 앞으로 일이 어떻게 흘러갈지는 알 수 없으니 엄격하게 계획을 세워봐야 소용없다고 생각한다. A는 내적 통제성향이 강한 사람이고, B는 외적 통제성향이 강한 사람인 셈이다.

일반적으로 내적 통제성향을 가진 사람은 외적 통제성향을 가진 사람보다 더 많은 것을 성취하며, 불안도 적고, 스트레스를 잘 극복한다고 알려져 있다. 그런데 실제로는 꼭 그런 것만도 아니다. 사실은 실패를 어떻게 받아들이고 해석하는지가 더 중요하다.

내적 통제성향을 가진 사람도 부정적으로 해석하면 '나는 원래 이런 사람에 불과했어'라는 자기부정에 빠질 수 있다. 반대로 외적 통제성향을 가진 사람이 긍정적으로 상황을 해석하면 또 다른 도전으로 이어질 수 있다.

실패했을 때의 반응

	긍정적	부정적
내적 통제성향	어떤 점이 부족한지 알았으니까 다음에는 더 노력해야지	재능도 없고, 원래 나는 게을러터졌으니까 이제 포기하자
외적 통제성향	나에게 맞는 다른 일을 찾아보자. 도움을 받을만한 사람이 있나 알아보고 다시 도전해야지	이번엔 완전히 운이 나빴어. 내가 잘못한 게 아니야

그러니 실패하더라도 '운이 나빴던 거지 내 잘못이 아니야' '나는 원래 이렇게 글러먹었어'라는 부정적인 관점으로 성급하게 판단을 내리지 말자. 한숨 돌리고 머리를 식히면서 실패 요인을 차분하게 살피고 다음을 기약하는 태도가 필요하다.

어릴 때부터 자유롭고 산만한 성향을 보였던 사람들은 외적 통제성향, 즉 환경을 탓하는 측면이 더 강한 경우가 많다. 그들이 억울함에 예민한 이유는 어려서부터 지적을 받거나 주변과 비교를 당하는 일을 여러 번 겪었기 때문이다. 그러다 보니 나이가 들어서도 조금만 부당한 상황에 처하면 또 억울하게 피해를 입게 될까 봐 예민하게 반응하는 것이다.

만일 환경이나 운 때문에 모든 것이 나빠졌다고 생각하면서 능력을 키우거나 더 노력할 생각을 아예 하지 않는다면 그건 스스로를 한번 돌아볼 필요가 있다. 열등감과 억울함은 당신이 궁지에 몰렸을 때 숨을 만한 변명거리를 마련해준다. '무서운 언니 밑에서 자라면서 내성적인 성격이 되었다'든가 '집이 여유롭지 못해 남들만큼 스펙을 쌓을 수 없었다'처럼 나의 모든 안 좋은 상황이 다 다른 사람의 탓이라고 암시를 걸다 보면 나는 본래 어떤 사람인지에 대해서 제대로 판단할 수 없어진다.

내가 어떤 부분을 가장 탓하고 있는지 파악해보자. 노력 부족과 능력 부족은 나에게서 비롯된 문제고, 운이 없다거나 누군가의 방해, 불행한 과거는 나의 잘못은 아닌 것이다. 내가 고쳐나갈 수 없는 원인에 지나치게 많은 비중을 둘 필요도 없지만 나에게 주어진 책임을 회피만 해서도 안 된다. 그래야 실패한 만큼 더 나아질 기회 역시 주어지는 것이다.

누구나.
회사 생활에는.
맞지않아.

당신이 회사 생활을 시작하고서 처음 맞
닥뜨리게 될 벽은 아마도 수직적인 조직문화일 것이다. 일을
하다 보면 실질적인 업무를 하는 것보다 보고서를 쓰거나 회
의를 하는 데에 시간이 더 오래 걸릴 때가 많다. 이는 학교나
회사처럼 체계가 잡힌 조직에는 모두가 암묵적으로 지켜야 하
는 규칙이 있기 때문이다.

일반적으로 사람들은 본인에게 피해가 올까 봐 기존의 체계
를 거스르려 하지 않는다. 오랫동안 굳어진 규칙을 바로잡으
려면 한 명이 나서서 책임을 져야 하고, 더불어 걷잡을 수 없이
골치가 아파지기 때문이다. 그래서 대부분은 별다른 불만 없
이 '해야 되는' 일에 적응해나가려 하는데, 그 사이에서 당신은
자꾸 이런 사내 규칙에 턱턱 발목이 잡힐지도 모른다. 그럴수

록 속도도 붙지 않고 효율도 나지 않을 것이다.

　물론 업무 절차상 꼭 필요한 일들도 있겠지만, 일을 위한 일이나 규칙을 위한 규칙에는 좀처럼 익숙해지기가 어렵다. 일단 시키는 일을 하고는 있지만 '왜?'라는 의문이 머릿속을 떠나지 않기 때문에 마음속에는 늘 불복종의 태도가 자리하고 있다. 그러다 결국 적응하지 못해서 힘들게 들어간 회사를 그만두는 경우도 많다. 아래 상담자의 사례는 그런 경우다.

　　…"간호사 사이에는 '태움 문화'라는 게 있더라고요. 군기라고 할까요, 선배가 후배를 쥐 잡듯이 잡는 거예요. 정도가 너무 심해져서 병원에 솔직히 얘기를 해봤어요. 근데 병원 입장에서는 그전에도 쭉 그래왔는데 왜 너만 유난이냐는 거죠. 제 편은 아무도 없어서 결국 그만뒀는데, 인생에 뭐가 맞는 답인지 정말 회의가 들어요."

　'영업팀에 들어가면 외근이 많겠지' 하고 기대했는데 하루 종일 보고서만 쓰다가 퇴근하는 날이 비일비재하다는 또 다른 이의 얘기도 종종 들었다. 연장근무나 야근이라도 있으면 끝도 없이 늘어나는 근무 시간 동안 꼼짝도 못하고 의자에 엉덩이를 붙이고 있어야 하는 환경이라면 직장에서 즐거움을 찾기

란 영 쉽지가 않은 게 사실일 것이다.

산만한 사람들은 궁금한 점이 많다. 왜 꼭 이렇게 해야 하는
지, 어떤 기준에서 이 방법이 더 효율적인지 등 의문을 가지면
서 다른 방식을 시도해보려고 한다. 특히 무의미한 일을 반복
하거나 단순 서류 작업에 시간을 뺏기는 상황 등 어쩔 수 없이
해야 하는 일이나 무조건적인 지시에 따르기란 쉽지 않다. 자
신의 기준이 명확하기 때문에 먼저 이해가 돼야 한다. 본인이
하려는 일에 간섭이 들어오면 답답함을 느끼고 바로 흥미가
떨어지기도 한다.

그래서 회사에 한번 정이 떨어지면 적극적으로 어떻게 하면
그만둘 수 있을지 하나둘 이유를 찾기 시작한다. 그럴 때, 매번
핑곗거리가 되어주는 것은 당신의 '새로움에 대한 갈망'이다.
마음속에 '이런 일을 해보면 어떨까?' 하는 생각을 담고 있기
때문에 갈등을 겪고 있을 때 슬쩍 등이 떠밀리는 것이다.

지금까지 이런 태도로 여기저기 옮겨 다니느라 스스로 땅에
발을 붙이지 못한 채 둥둥 떠다니고 있다는 느낌이 든다면, 이
제는 조금 다른 기준을 세워보자. 저명한 세일즈 강사인 브라
이언 트레이시는 『백만불짜리 습관』에서 직장인이라면 스스

로에게 물어야 하는 세 개의 질문이 있다고 말했다.

① 회사는 왜 나를 채용했는가?
② 내가 하는 일 중 회사의 입장에서 가장 가치있는 일은 무엇인가?
③ 내가 잘할 수 있는 일은 무엇인가?

보통은 회사가 나에게 '내가 잘할 수 있는 일'을 할 기회를 줄 거라고 착각한다. 내가 지금 회사에서 시킨 업무를 하고 있는 이유는 아직 회사가 '나'라는 직원의 적절한 쓰임새를 파악하지 못했기 때문이라고 생각하는 것이다.

흔히 사람들은 '내가 하고 싶은 일'이 '내가 잘하는 일'이라는 착각에 빠지곤 한다. 그래서 회사에 불만이 쌓이고 '내가 하고 싶었던 건 이런 일이 아닌데'라며 서글퍼진다. 그렇게 '그럴듯한 일'에 대한 환상이 점점 몸집을 불려가며 나를 잠식한다.

만약 당신이 그동안 여러 번의 시도에도 불구하고 아직 충분히 만족할 만한 직업이나 직장을 찾지 못했다면, 일에 대한 생각을 조금 바꿔보자. 수직적인 조직 안에서는 사실상 무슨 일을 하는지보다 어느 정도의 권한을 얼마나 행사할 수 있는 위치에 있는지, 자기주장을 펼칠 만한 위치에 있는지가 더 중요할 수도 있다. 내 목소리를 낼 수 있는 위치가 될 때까지는 견디는 힘도 필요하다. 경험이 쌓이고 경력이 쌓일 때까지 갈고닦으며 기다려보자. 그렇게 직급이 높아질수록 선택의 폭은 더 늘어날 것이다.

하고 싶은 일을 찾아 여러 직장을 돌아다니다 보면 직급이 낮을수록 대신할 사람을 구하기 쉽다는 사실을 깨닫게 된다. 어떤 일이건 지위가 낮을수록, 권한이 적을수록 궂은일을 맡게 된다. 한 분야에서 경력이라고 인정받을 만한 시간이 흐를 때까지, 한 번쯤은 이를 악물고 버텨보자.

아무리 사방을 기웃거리며 헤매도 도통 앞이 보이지 않을 때는 위로 올라가는 것이 방법이다. 끝이 보이지 않는 울창한 숲에서 길을 잃었을 때는 우선 높은 나무 위에 올라가서 멀리 내다봐야 길을 찾을 수 있는 법이다.

점점 더, 세상은,
당신에게,
유리해질, 것이다.

          IMF가 터지기 전까지만 해도 일단 직장에 들어가면 아무리 능력이 없어도 과장까지는 모두 승진을 했다. 그래서 '만년과장'이라는 표현도 있을 정도였다. 어지간해서는 이직이 드문 경우라 그 시절에는 첫 직장이 어디인지가 중요했다. 큰 회사일수록 그저 입사 순서대로 승진을 했기 때문에 대기업에 취직하거나 공무원이 되면 그다음부터는 직장에 대해서는 고민할 필요가 없었다.

  일할 사람은 차고 넘치던 시기라서 기업이 절대적인 '갑'의 위치에 서서 마음대로 직원을 골라 뽑았기 때문에, 직원이 '감히' 권리를 주장하면 언제든 직접적으로나 간접적으로 도태시킬 수 있었다. 그때만 해도 취업은 확실히 회사에 친화적인 사람에 유리했다. 직원은 군소리가 없어야 했고, 회사가 알려주고 싶지 않은 것에 대해서는 궁금해하지 않아야 했다.

하지만 지금은 그때와 너무나 다른 세상이다. 회사 업무의 중심이 80~90년대생들로 채워지고 있는데, 그들은 그들의 부모님 세대와는 전혀 다른 가치관을 갖고 있다. 사회적으로 취업 인구가 줄어들면서 더 이상 회사가 원하는 고분고분한 인재만으로 충원하기도 어려워졌다. 강압적인 회식 문화를 바꾸려는 시도, 평등한 사내 문화를 만들려는 시도가 많아지고 있고, 회사도 그들의 합리적인 요구를 무시할 수 없게 되었다. 그렇게 조금씩 우리가 일하는 환경은 변화하고 있다.

우선 탄력적인 업무 환경이 그렇다. 과거에는 부서마다 사무실이 따로 있어서 다른 부서에서 무슨 일을 하는지도 알 수 없고, 소통도 전혀 하지 못하는 채 하루 종일 내 할 일만 하다가 퇴근하는 구조였다. 하지만 지금은 큰 사무실 안에서 모든 부서가 함께 일하며 칸막이로 경계를 나눈 '큐비클형 사무실'이 대부분이다. 어느 부서에서든 원하는 때에 와서 도움을 요청할 수 있고 의견을 구할 수도 있어서 갑갑함이 많이 사라진 편이다.

더 나아가 이제는 '내 자리'라는 개념 자체마저 없애고 있다.

최근 뜨고 있는 공유오피스 위워크weWork도 마찬가지다. 출근하면 정해진 자리에서 일을 하는 구조를 없애버린 것이다. 회사에 가면 도서관처럼 아무 자리에나 앉아서 컴퓨터로 온라인 공유 서비스인 클라우드 서버에 접속을 해 필요한 서류를 다운로드 받은 뒤 일을 시작한다. SNS로 미팅 일정을 결정하고 미팅에는 당연히 '꼭' 필요한 사람들만 모인다.

회사에 출근하지 않고 집이나 카페에서 일하는 '디지털 노마드족'도 늘어나고 있다. 일하는 시간을 최대한 효율적으로 쓸 수 있는 방법을 적극적으로 찾기 시작한 것이다. 한 가지 업무를 끝내는 데 하루가 꼬박 걸리든 네 시간 만에 일을 끝내든 모두 똑같은 월급을 받던 때와는 서서히 달라지고 있다.

이렇게 달라지고 있는 세상에서 '이제 경력을 관리해야 된다' '이번 회사에서는 진득하게 다녀라'라는 판에 박힌 잔소리는 무의미한 것인지도 모른다.

2016년 일자리 행정통계 결과에 따르면 근로자의 평균 근속기간은 대기업이 7년, 중소기업이 4년이다. 이미 한참 전에 '평생직장'의 개념은 사라졌고, 지금은 10년차 직장인도 찾아보기 힘들다.

이런 상황은 언제든 변화할 준비가 되어 있고 새로운 환경을 적극적으로 찾아나서는 당신에게 훨씬 유리한 것이 아닐까? 관심 있는 분야도 다양하고 적극적인 당신은 아주 특별한 장점을 하나 더 갖고 있는 셈이다. 이를 바탕으로 다른 사람들보다 상대적으로 많은 경험을 쌓을 수 있다. 경험이 곧 재산인 것이다.

시야가 넓고 호기심도 많은 당신이기에 다른 사람들이 실패할까 두려워 주저하고 있을 때에도 넘치는 에너지로 도전할 수 있다. 지금이야말로 당신의 딴짓이 빛을 발하게 될 순간이다. 그러니 걱정하지 말고 불안해하지 말고 당신의 반짝이는 딴짓을 기꺼이 즐겨라.

3장.

사람을 대하기가
갈수록
어려워지는 이유

웃는 얼굴.
뒤에.
괴로움이.

　　　　　　갑자기 자살한 사람들에 대한 소식처럼
우리를 마음 아프게 하는 것이 없다. 바로 그 전날까지도 함께
웃고 떠들며 미래에 대해서 고민을 나누던 친구가 자살을 했
다는 얘기를 들으면 믿기지가 않는다. 사람들은 우울하고 괴
로워 죽고 싶은 사람은 꼼짝도 하지 못할 정도로 무기력한 상
태일 거라는 고정관념을 가지고 있지만, 사실은 그렇지 않다.
　활동성이 강한 사람들은 우울할수록 더 가만히 있지 못한
다. 우울하면 더욱 혼자 있고 싶지 않다. 계속 사람들을 만나고
다니고, 허한 마음을 뭔가로 채우고 싶어 한다. 그래서 평소보
다 쇼핑도 더 많이 하고, 술도 더 많이 마시고, 더 활발하게 지
내려고 한다. 얼핏 보면 힘든 상황에서도 씩씩하게 이겨내는
것처럼 보이는데, 이렇게 겉으로 드러나지 않는 우울증을 '가

면 우울증Masked depression'이라고 한다. 우울하면 우울할수록, 괴로우면 괴로울수록 다른 사람들에게는 아닌 척을 한다. 웃는 가면을 쓰고 다니기 때문에 얼마나 슬프고 외로운지 사람들은 알 수 없다.

가면 우울증에 걸린 사람들에게 그림검사를 했을 때의 공통된 결과가 있다. 그들은 사람 얼굴을 그리라고 하면 일관되게 웃는 모습을 그린다. 하지만 원래 인간이 자연스럽게 웃을 때는 눈과 입이 동시에 웃는데 가면 우울증 환자의 경우 입만 웃고 있는 모습을 그리는 경우가 많다. 때로는 치아가 드러날 정도로 크게 웃는, 기괴한 느낌의 얼굴을 그리기도 한다.

활동적인 사람에게 인생의 의미는 '즐거움'에 있다. 그래서 괴로움이 닥쳐오면 어떻게 해서든 얼른 해결하거나 잊어버리려 한다. 술을 마시거나 담배를 피우는 사람도 있고, 연애를 하는 사람도 있다. 배가 고프지 않아도 음식을 먹어 배를 채우고, 자극을 좇아 시간을 잊은 채 게임이나 만화에 빠지기도 한다. 이렇게 즐거움으로 고통을 잊으려는 시도는 물론 나쁜 게 아니다. 문제는, 그럼에도 불구하고 괴로움은 생각만큼 쉽게 지워지지 않는다는 것이다.

모든 일에는 대가가 따른다. 남보다 재미를 좇으며 살았다면 상대적으로 불안정한 삶을 살게 될 수도 있다. 적극성이 강한 사람들은 롤러코스터처럼 여러 번 천국과 지옥을 오간다. 문제는 지옥이 닥쳤을 때다. 아무리 에너지가 넘치는 사람도 자신의 노력으로 어찌 해볼 수 없는 순간이 있다. 오히려 넘치는 에너지가 더 문제가 되기도 한다. 상황이 좋아지기를 가만히 앉아서 기다려야 하는데 그러지를 못하는 사람이라서 어쩔 수 없는 상황이 오면 답답해서 가슴이 터질 것 같다.

기쁨, 행복, 즐거움만 좇으며 살다 보면 슬픔, 시련, 불행, 외로움, 고독이 찾아왔을 때 속수무책이 된다. 불행에 대한 면역력이 제로인 것이다. 불행할 때는 그에 맞게 생각하고 행동해야 하는데 불행할 때도 행복한 것처럼 생각하고 행동하려고 하니 문제가 발생한다. 내가 불행하다는 것을 부정하기 위해서 술을 마시고, 쇼핑을 하면서 억지로 행복을 가장한다. 내가 외롭고 고독하다는 것을 부정하기 위해서 억지로 사람과 어울린다. 그래서 항상 즐겁고 행복해 보이는 사람일수록 마음속에는 더 큰 고독이 자리 잡고 있을 수 있다.

대체의약에는 동종요법이라는 것이 있다. 환자가 겪고 있는 질병과 유사한 증상을 유발시키는 독을 처방하여 면역력을 높이는 치료법이다. 활동성이 강한 당신은 부정적인 감정을 숨기려 노력했을 테지만 사실 꼭 그렇게 애쓸 필요는 없다고 말해주고 싶다. 약한 독으로 질병을 치료하듯이, 인생에서는 고독이나 슬픔이 오히려 행복이나 기쁨의 감정을 더 생생하게 만들어줄 때도 있기 때문이다. 불행이 전혀 없는 삶이어야만 행복한 것이 아니다. 슬픔과 고통만 존재하는 곳이 지옥이듯이 기쁨만 존재하는 곳 또한 지옥이다.

항상 즐거워야 한다는 강박을 버리자. 힘들 때도 긍정적이어야 한다는 생각도 버리자. 슬플 때는 온전히 슬퍼하는 것이 최선이다. 외로울 때는 외로워하고, 부정적인 상황에서는 부정적인 태도를 보여야 나도 내 기분을 파악할 수 있다. 가장 먼저 나 자신이 내 마음을 다독거려줘야 한다.

때로는 인생에서 고독이나 슬픔이
우리의 행복과 기쁨을
더 생생하게 만들어주기도 한다

고독

슬픔

잠깐. 멈춰 서서.
속도를.
맞추기.

　　　　　　　늘 주위를 두리번거리며 서두르는 당신에게는 때로 멈춤도 필요하다. 본인이 아니라 주변 사람을 위한 멈춤이다. 여럿이서 여행을 가면 목적지만 바라보며 가느라 남들보다 빨리 걷는 사람이 있는데, 당신도 그렇지 않은가? 뒤에서 쫓아가는 사람들이 힘들어해도 앞서서 가는 사람은 계속 빨리 오라고 손짓만 하고 걸음을 늦추지 않는다. 그래서 산행이나 트래킹을 하면서 낙오자가 없으려면 천천히 걷는 사람을 제일 앞에 세우고 빨리 걷는 사람이 앞지르지 못하도록 해야 한다. 그래야 모든 사람이 함께 걸어갈 수 있다.

　하지만 빠르고 적극적인 사람에게는 멈춰 기다리는 것처럼 괴로운 일이 없다. 이러지도 저러지도 못할 때 가장 초조해진다. 괜히 주위에 화풀이를 하기도 하지만, 사실 조금 멀리서 바라보면 해도 그만 안 해도 그만인 상황일 때가 많다. 그럴 때는 안 하는 쪽이 합리적이지만 당장 결정을 내려야 하는 사람들은 지금 뭐라도 해야 한다는 조급증에서 벗어나지 못한다.

아마도 당신은 수시로 다른 사람들에게 '답답하다'는 생각이 들 것이다. 하지만 다른 사람들이 게으르거나 특별히 느린 것이 아니라 당신이 조금 더 빠를 뿐이다. 때때로 당신은 앞을 보며 너무 빠르게 달리느라 소중한 것을 보지 못하고 놓쳐버릴 수도 있다.

어쩌면 지금 당신은 제한 속도가 시속 120킬로미터인 인생의 고속도로에서 시속 200킬로미터로 차를 몰며 다른 사람들은 너무 느리다고 생각하고 있을지도 모른다. 그러면서 왜 다들 빨리 갈 수 있으면서 느리게 가고 있는지 답답해한다.

하지만 당신도 모르게 사고 가능성은 점점 높아지고 있다. 돌이킬 수 없는 충돌이 발생하기 전에 살짝 브레이크를 밟아 속도를 늦추어서 주변 사람들과 속도를 맞춰보자. 갑자기 예기치 않은 사고로 제한 속도가 낮아질 때를 대비해, 미리 속도를 줄이는 방법을 익혀두어야 한다.

항상 빠르게 달리다 보면 주위에 함께 달리던 사람들은 이미 오래 전에 지쳐 나가떨어졌을지도 모른다. 가끔은 멈춰 서서 아직 당신의 뒤에서 천천히 걷고 있는 가족과 친구들을 돌아보자. 누군가와 함께 간다는 것은 어렵고 대단한 일이 아니다. 조금 떨어져서라도 걷는 모습을 지켜보고 잠시나마 기다려주는 것이다.

> … "아이를 잘 키우고 있는지 확신이 들지 않아요. 중학생이 되더니 마음을 닫아버린 것 같아요. 달래도 보고 혼내도 봤는데 소용이 없어요. 아이는 그냥 자기를 가만히 내버려두래요. 제가 노력하면 할수록 관계가 더 나빠지는 것 같아요. 이제 제 말은 다 잔소리로 들리나 봐요. 가만히 있자니 너무 초조한데, 어떻게 해야 될까요?"

인간은 감정에 휘둘리는 동물이다. 어떤 감정이 너무 커지면 이성이 끼어들 틈이 없다. 위 사례처럼 상대가 나에 대해 이미 부정적인 감정을 크게 가진 이후라면 일단 그 감정이 조금 사그라질 때까지 기다려야 한다. 화가 나 있는 상태에서는 아무리 대화로 풀어보려 해도 당신의 의도와 진심이 통할 리 없다. 똑같은 말이나 행동이라도 두 사람 사이의 관계가 어떤지에 따라 전혀 다르게 받아들이기 때문이다.

관계가 극한에 이르렀을 때에는 내가 없는 것처럼, 상대방이 없는 것처럼 행동하는 것이 최선이다. 갈등을 겪던 부모와 자식이 있었다. 싸움이 길어지자, 부모는 이제 다 포기했다면서 자식에게 신경 쓰지 않겠다고 선언했다. 하지만 극도의 한계에 몰렸던 아이라면 부모가 자신을 포기한 순간, 해방감을 느낀다. 그리고 그때서야 팽팽했던 관계의 긴장감이 풀리고 해결의 실마리를 찾는 길도 보이는 법이다. 아무것도 하지 않고 기다려야 하는 것이 너무나도 어렵겠지만, 때로는 아무 시도를 하지 않는 것도 방법이다.

당신의 장점은 분명 적극성이다. 선택지가 다양하고 특별한 위험 요소가 없을 때에는 적극적인 성향 덕분에 다른 사람보다 더 많은 것을 보고 경험할 수 있다. 하지만 앞에서처럼 어디로 튈지 모르는 상황에서 섣불리 움직였다가는 더 나쁜 상황을 불러올 수 있다. 조금 시간을 두면 자연스럽게 해결될 문제를 괜히 헤집어놓으면 상대는 돌이킬 수 없는 상처를 받게 될지도 모른다. 인간관계에 명확한 답은 없다. 다만 너무 서투르고 조급한 행동으로 소중한 사람을 잃어버리지는 말자.

누구에게나,
책임져야 할,
몫이. 있다.

지금 머릿속에 항상 당신을 걱정하는 사람들을 떠올려보자. 그들의 걱정 섞인 잔소리를 들을 때마다 당신은 인정받지 못하는 느낌을 받는다. 나름대로 열심히 살고 있는데 '그렇게 못 미더운가?' 싶어서 우울해진다.

무슨 일이 생겼을 때 나서서 충고해주는 사람도 있을 것이다. '그것보다는 이런 방향이 좋을 것 같은데' '전에 그렇게 해봤는데 이런 문제가 있었어'라는 조언을 들으면, 오히려 그래서 어떻게 해야 할지 갈피를 잡을 수가 없다. 괜히 더 혼란스러워진다. 그래서 당신은 그들의 말에 귀를 기울이거나 진지하게 고민하기보다는 그냥 넘겨버렸을 수도 있다. 알아서 하겠다며 문을 쾅 닫고 나가버렸을지도 모른다.

귓등으로 듣는 당신에게 그래도 누군가가 신경 써서 잔소리를 해준다는 건 그만큼 그 누군가가 당신에게 책임감을 느꼈기 때문일 것이다.

인간에겐 누구나 책임져야 하는 사람이 있기 마련이다. 부부 사이에도, 연인 사이에도, 부모 자식에도 서로에 대한 책임이 있다. 친구 사이나 직장 동료들끼리도 서로 책임을 나누어야 하는 상황은 필연적으로 생긴다. 하지만 당신에게 '책임'이라는 단어는 왠지 부담스럽고, 내 인생을 가로막는 장벽처럼 무겁게 느껴지기도 한다. 다음의 경우들도 무겁게 느끼는 책임감에서 비롯된 고민 사례다.

… "아이만 아니면 이혼하고 싶어요. 남편보다 제 월급이 더 많았는데 육아 때문에 회사도 그만둬야 했어요. 남편이 잘 도와주지도 않고요. 이제는 결혼 생활이 족쇄처럼 느껴져요. 아이를 분명 사랑하지만, 저를 위해서가 아니라 가족들을 위해서 사는 것 같아요."

… "식당을 오래 했어요. 부모님이 돌아가시고 나서 시작했으니까 10년이 넘은 것 같아요. 나이를 먹고 이제 힘에 부쳐서 얼마 전에 문을 닫았어요. 가게를 접고 나면 그래도 마음

은 편할 줄 알았는데 허전하기도 하고 싱숭생숭하고…… 갑자기 돌아가신 부모님 생각도 나고요. 일하면서는 매일매일 죽지 못해 산다고 생각했는데, 또 그렇지만도 않았나 봐요."

언젠가 동물원에서 철창 너머 어느 우리 안으로 떨어진 사람이 맹수의 공격을 받았다는 기사를 접한 적이 있다. 인간을 보호하기 위해서 만든 철창이지만 맹수의 입장에서는 철창으로 자신의 우리가 보호받는다고 생각한다. 그래서 갑자기 사람이 자기 영역 안으로 들어와 안전거리가 사라지면 동물도 당황하게 된다.

우리에게 책임도 철창과 마찬가지다. 나의 삶을 제약하는 동시에 나의 안전을 지켜준다. 책임이라는 철창은 내가 결정적인 선택을 내리려 할 때, 내 삶의 중심을 잡아주는 중요한 역할을 맡는다. 내가 책임져야 하는 사람, 업무, 때로는 반려동물이 나에게는 마음의 철창이 되어준다.

책임져야 하는 일이나 가족, 그 밖에 어떤 것이 있다면 아직 나를 지켜주는 성벽이 남아 있다는 의미다. 내가 책임진다고 생각했던 의무, 가족, 일, 사람들이 실은 나를 둘러싼 성벽의 벽돌이 되어주는 것이다. 따라서 나의 책임이 버겁다고 생각해 하나씩 내려놓을 때마다 사실은 내 마음의 성벽을 스스로 파괴하는 셈이다.

책임을 내려놓으면 무거운 감정을 떨쳐내고 자유로워질 수 있을 것처럼 생각되지만 그건 좋은 방법이 아니다. 지켜야 할 무언가가 있을 때 더 힘이 나는 것처럼, 책임은 우리가 낙오되지 않도록, 좌절에 빠지지 않도록 지켜주는 보호막이다. 지금까지는 자유분방하게만 살아왔을지라도 세상에는 당신이 책임져야 하는 것들이 많이 남아 있다. 그리고 그것들을 지켜나갈 수 있을 때 진정으로 당신 스스로도 지킬 수 있을 것이다.

아무도. 안 듣는데.
혼자. 말하는.
바보가. 되지않는법.

       얼마 전 카페에 갔다가 아주 흔한 광경을 목격했다. 남자와 여자가 마주 보고 앉아 있는데, 남자만 끝이 없이 말하고 있었다. 나중에는 여자도 지쳤는지 호응조차 해 주지 않았지만, 남자는 입을 다물지 않았다. 자기가 하는 말에 빠져서 듣는 사람을 신경 쓰지 않는 사람이 의외로 많다. 이렇듯 아무도 안 듣는데 혼자 말하는 바보가 되지 않으려면 어떻게 해야 할까?

  우선 자꾸 했던 얘기를 반복하는 건 아닌지부터 돌아보자. 당신은 대개 떠오르는 생각에 따라 말하기 때문에 누구에게 어떤 이야기를 했는지는 잘 기억하지 못할 때도 있다. 말하기 전에 먼저 상대방에게 그 얘기를 알고 있는지 확인하는 것도 좋은 방법이다. 의외로 사람들은 이런 확인을 이상하게 생각하지 않는다. 또 말을 하기에 앞서 상대방에게 충분히 대화를 나눌 만한 시간이 있는지 확인하자. 대화를 나누면서도 지루하지는 않은지 중간중간 상대방의 표정을 확인하고, 너무 말을 많이 했다는 생각이 들면 직접적으로 미안하다고 얘기를 하는 것도 앞으로의 관계를 위해 중요하다.

어쩌면 당신은 이 글을 읽으면서도 '나는 그 정도는 아니야'라고 생각할지도 모르지만, 때때로 친구들과 만나고 집에 돌아가면서 '오늘 왜 이렇게 말을 많이 했지?'라고 후회한 적이 있지 않은가?

그렇다면 내가 말하기보다 상대의 말에 귀를 기울이려면 어떻게 해야 할지 생각해보자. 물론 긴 이야기를 듣는 것은 꽤 집중력이 필요한 일이다. 게다가 일상적인 대화가 굉장히 재미있는 경우는 드물기 때문에 매번 똑같은 상사 욕, 시댁 욕을 들으면 나도 모르게 지루함이 표정에 드러날 수 있다.

특히 가까운 관계인 애인, 남편이나 아내와의 대화에서 그런 어려움을 더 겪기도 한다. 친구들과는 대부분 뭔가 목적을 가지고 만나서 시간을 보내니 딱히 오랜 시간 대화할 경우가 적다. 하지만 가끔 만나는 친구들과 달리 가족이나 애인과는

사랑들과 만나고 돌아오는 길, 또 드는 후회
'왜 나는 오늘도 이렇게 말을 많이 했지?'

함께 보내는 시간이 훨씬 길기 때문에 갈등 상황에 부딪치는 경우가 더 왕왕 생긴다.

··· "저는 항상 여자 친구에게 건성으로 듣는다는 얘기를 들어요. 마주 앉아서 얘기를 하는데도 자꾸 '이따 저녁엔 어디 식당을 가지?' '밥 먹고 카페를 갈까, 술을 마실까?' 그런 생각을 해요. 같이 있는 게 즐겁고 좋은 데도요. 여자 친구는 저보고 성인 ADHD 같다고도 하더라고요."

말을 잘하는 사람은 말을 해야 할 때만 말하고 꼭 필요하지 않을 때는 침묵한다. 해서는 안 되는 말을 안 하는 사람이 진정 말을 잘하는 사람이다. 더욱이 남의 얘기를 잘 듣기 위해서는 무엇보다 내가 말하는 시간을 줄여야 한다. 어떤 내용이든 짧게 표현하는 연습을 하자. 3분 이상 혼자 말하면 상대방은 지치기 시작한다. 그렇다고 말을 할 때마다 알람을 울리게 하거나 시계를 쳐다보면서 말을 할 수는 없으니, 일방적으로 말한다는 느낌을 줄이기 위해서는 간단하게 다음 전략을 하나씩 사용해보자.

① 내 의견을 말하고 나면 항상 상대방의 의견을 물어보기

② 아무리 싫거나 동의하지않는 내용이어도 상대방의 말을 끊지 말고 끝까지 듣기

③ 영혼 없는 반응일지언정 공감하는 말을 던지기

③ 말하면서 휴대폰을 보지않기

④ 대답할 때 뜸을 들이기 (너무 빨리 대답을 하면 생각도 안 해보고 아무렇게나 말을 내뱉는 것으로 오해받을 수 있다)

⑤ 메모하는 척하기 (상대방은 자신의 의견을 소중히 생각하는 것으로 받아들인다)

⑥ 때로는 일부러 침묵해서 심각한 척하기

있는 그대로,
인정받지. 못했다는,
마음.

　　　　　　　　아이들이 상담을 받으러 오는 경우는 크
게 두 가지가 있다. 우선 겁이 너무 많은 경우다. 이런 아이들
은 낯가림이 심하다. 어린이집이나 유치원에서 친구들과 어울
리기까지 다른 아이들보다 훨씬 더 힘이 든다. 학교에서는 거
의 한마디도 하지 않는 경우도 있고, 따돌림이라도 당하게 되
면 충격을 크게 받는다.
　두 번째는 말썽을 피우는 아이들이다. 여기서 말썽을 피운
다는 표현은 대체로 부모님이나 선생님의 관점인데, 이런 아
이들은 가만히 있지를 못한다. 집중력이 없고 끈기가 없다고
야단을 맞는다. 부모님에게 혼이 나도 그때뿐이다. 학교 수업
시간에도 떠들기 바쁘고, 준비물을 빼먹기 일쑤다. 전형적인
산만한 경우다. 뭔가 문제가 있는 건 아닌지 걱정된 부모님이

아이를 데려온다. 그런 아이를 면담하면 처음에 꼭 하는 말이 있다.

··· "너는 착한 아이야. 네가 잘못한 것은 아무것도 없어."

그러면 아이들은 놀라서 나를 쳐다본다. 매일 잘못했다고 야단만 맞았는데, 착하다고 말해주고 잘못한 것이 없다니. 그러면서 아이는 점점 마음을 열게 된다. 적어도 이 사람은 나를 있는 그대로 인정해줬다고 생각하기 때문이다.

산만한 사람들 중에는 어려서부터 부모님에게 야단을 맞으면서 자란 사람들이 많다. 어떤 행동에 대해서 지적을 받는다는 것은 다르게 표현하면 나의 일부가 인정받지 못하는 것이다. 아이는 그때 나의 일부를 포기하고 부모에게 인정받기 위해서 노력할 것인가 혹은 스스로 온전하다고 믿는 대신 부모의 인정을 포기할 것인가 사이에서 선택의 기로에 놓인다. 그리고 대부분의 아이들은 부모에게 인정받기를 선택한다.

형제나 자매와 비교를 당하면 그 고통은 더욱 커진다. 부모는 아이마다 다른 방법으로 사랑할 뿐이라고 하지만 자식의 입장에서는 다른 방법으로 사랑받는 것 자체가 차별이다. 그래서 부모에게 혼이 난 어린아이는 자신을 인정하지 못하고 나를 바꿔야 한다고 생각한다. 어린 시절 부모의 온전한 신뢰를 받지 못한 아이들은 성인이 되어서도 있는 그대로의 나를 인정해주는 누군가를 갈망하게 된다. 그래서 사람들에게 정을 붙이면 의존하는 마음이 커진다. 친구를 사귀거나 사랑을 할 때 역시 마찬가지다. 그들은 지나치게 열과 성을 다하기 때문에 사랑하면서 불행해지기도 한다.

사회생활을 시작해서도 끊임없이 다른 사람에게 인정을 받으려 한다. 이렇게 계속 인정을 받으려는 당신의 욕구는 언젠가는 깊은 자괴감을 불러올지도 모른다.

부정적인 감정들이 당신을 좀먹기 전에 당신이 해야 할 가장 첫 번째 일은 다른 사람을 신경 쓰지 않는 것이다. 당신은 쿨한 척하지만 사실은 항상 다른 사람들의 이목을 신경 쓴다. 만약 이미 사람들의 인정에 중독되었다면, 지금 당신에게 필요한 것은 일단 모든 관계를 끊어내고 완전히 혼자가 되어보는 것이다.

트라우마는 쉽게 지워지지 않는다. 사랑받지 못했다는 트라우마, 인정받지 못했다는 트라우마 때문에 당신은 지금도 누군가의 인정에서 벗어나지 못한다. 하지만 그 누구가 아닌 당

사랑받지 못해서,
인정받지 못해서……

당신은 지금도
트라우마에서 벗어나지 못하고 있다

신이 스스로를 있는 그대로 인정하는 것이 필요하다. 계속 자존감에 상처를 내고 있었다면, 이제는 내 마음속의 틈을 메우기 위해서 노력할 때다.

제대로 듣기,
그리고,
제대로, 말하기,

        생각이 많고 행동이 빠른 사람들은 상대
방이 곤경에 처했을 때 뭔가 해결책을 주려는 성향이 있다. 어
떻게든 도움을 주고 싶어 하지만 정작 위로는 되지 않는다. 안
그래도 복잡한 상대방의 머리를 더 복잡하게 만든다. 상대방
을 안심시키기는커녕 오히려 불안을 전염시키기도 한다.

  괴로움을 겪고 있는 사람들이 원하는 것은 해결책이 아니라
걱정의 한마디, 위로의 한마디다. 그런데 당신은 무의식적으로
그 사람이 왜 힘들어 하는지 이유가 궁금하다. 자신도 모르게
자초지종을 묻는 버릇을 버리지 않는 한, '그러게 왜 그랬어?'
라고 안 하느니만 못한 한마디를 하는 습관을 고치지 않는 한,
당신은 주위 사람들에게 위로가 되기 어렵다. 이미 알고 있는
잔소리가 아니라 진심이 담긴 한마디를 하는 게 왜 그리 어려

울까?

　상담을 받으러 오는 한 어머님은 자신이 아무리 위로를 해도 아이가 받아들이지 않는다는 고민을 털어놓았다. 이는 말에 감정이 충분히 실리지 않았기 때문이다. 생각이 많은 엄마는 머릿속에 떠오르는 생각들을 계속 아이에게 전하고 싶어한다. 하지만 아이가 원하는 것은 엄마의 잔소리가 아니라 걱정과 위로의 말이다. 긴 잔소리보다 감정이 담긴 한마디가 필요한 것이다.

> … "똑같은 말도 제가 하면 아이가 듣지를 않아요. 저는 아이를 너무 걱정하는데 아이는 저를 그냥 잔소리꾼으로만 생각해요. 그래서 제 앞에서는 입을 꾹 다물고만 있어요. 제가 아이 때문에 힘들다고 해도 남편은 아이 말만 들어요. 제가 너무 말이 많다는 거예요. 아무도 제 마음을 몰라줘요."

　진심을 제대로 전하려면 말보다 상대의 마음에 더 주목해야한다. 하고 싶은 말은 되도록 짧게 하는 연습을 해보자. 상대방이 당신의 말을 귀담아듣지 않는다고 생각해서 더 말을 많이할수록 역효과가 나타난다. 꼭 하고 싶은 말만 하고 상대방에게 그에 대해 생각할 시간을 주자. 마음이 급해서 상대방에게 말을 쏟아붓지만 상대방은 당신이 핑계를 댄다고, 논점을 흐 뜨린다고, 자기 생각만 한다고 느낄 수도 있다.

또한 상대방에게 충분히 진심이 전달되지 못할 때가 많아서 '영혼이 없다'는 이야기도 종종 듣는다면 '말투'에도 신경을 써 보자. 영혼을 담기 위해서는 말하는 속도, 반응하는 속도를 늦 춰야 한다. 그리고 무엇보다 상대방의 상황을 내 입장에 대입 해서 생각해봐야 한다. 산만한 사람은 다른 사람의 얘기를 들 을 때도 상대방이 어떤 말을 꺼낼지, 그에 대해서는 어떻게 대 답을 해야 할지 생각에 끊임이 없다. 따라서 우선 머리를 비우 고 타인의 얘기를 듣는 태도가 필요하다.

'내 기준'에서 상대방에게 도움이 될 말 대신, 되도록 상대방 이 듣고 싶어 하는 말을 해주자. 산만한 사람은 슬픔과 고통을 위로하는 표현에 서툴다. 힘들고 괴로울 때 사람들은 훌륭히 잘 견디고 있다는 인정을 원한다. 충고나 잔소리, 실수를 지적 하기보다는 위로하고 용기를 주는 것이 중요하다.

당신이 말하기와 듣기에 서툰 이유는, 주위에도 당신과 비 슷한 성향의 사람들이 모여 있기 때문일지도 모른다. 적극적 이고 호기심이 많은 사람은 색다르고 재미있는 사람들과 어울 리기를 좋아한다. 당신은 지루한 사람을 싫어한다. 이성을 사귈 때는 외모도 상당히 중요하게 생각한다. 아무리 집에서 조건이나 성격이 좋은 사람을 소개해줘도 소용이 없다. 일단 매력이 느껴지지 않으면 더 이상 만나기 어렵다.

친구나 동료를 사귈 때도 우선 재미있는 사람들을 좋아하다 보니 주위에는 주로 신나게 노는 것을 좋아하는 사람들이 모여 있다. 그래서 막상 안 좋은 일이 생기거나 슬플 때는 그들에게 별 도움을 받지 못한다. 힘든 얘기를 털어놓으면 "자! 한잔 마시고 잊어버려"라거나 "걱정하지 마. 다 힘들게 사는 거야" 같은 말로 유야무야 얼버무린다. 위로라면 위로지만 그 밑에는 '오늘 한번 놀아보자고 만났는데 왜 분위기 무겁게 만드는 거야. 이제 그런 얘기 그만하고 신나게 놀자'는 뜻이 포함되어 있다.

그래서 힘든 일이 생기면 그들에게 위로받을 수 없다. 당신은 너무 괴로운데 신나 있는 친구나 동료들을 보면 허탈함이 밀려온다. 하지만 이들을 친구로, 동료로 선택한 사람은 바로 당신이다.

누구에게나 어려울 때 힘이 되어줄 수 있는 사람이 적어도 한 명은 필요하다. 그들은 재미없는 친구일 수도 있고, 지루한 동료일 수도 있고, 가끔은 나를 답답하게 만들었던 누군가일 수도 있다. 하지만 평소에는 멀리하다가 힘들 때만 찾는 사람

33 · 사람을 대하는 나의 방식을 이해받고 싶어

131.

이라면, 그들은 언제 당신을 떠날지 모른다. 사람을 사귀는 데 '재미'가 1순위가 될 수는 있지만, 단 하나의 기준이 되지는 않도록 하자.

'미안하다'는,
신속하고,
정확하게,

　　　　　　예로부터 친구에게 돈을 빌려주면 돈도
잃고 사람도 잃는다는 이야기가 있다. 나이를 먹을수록 절실
하게 와닿는 말이다. 왜 그런지 생각해보자. 아는 사이라도 정
식으로 차용증을 쓰고 합당한 이자를 내기로 공증을 하지 않
는다면, 돈을 빌리는 순간 신세를 진 셈이 된다. 그럼 관계가
불평등해지고 돈을 갚을 때까지 마음속에는 서로에 대한 불편
함이 자리를 잡는다.

　지금도 우리는 누군가에게 도움을 받으면 너무 고마운 동시
에 이 고마움을 어떻게 표현해야 할지 마음이 불편해진다. 상
대방은 별 생각이 없는데도 만날 때마다 아직도 돈을 갚지 못
했다는 생각에 주눅이 든다. 그래서 연락을 끊어버리는 경우

가 생기기도 한다. 친구 사이에 돈을 빌려달라는 부탁을 꺼내기도 어렵지만 이를 거절하기도 어려운 것이 사실이다. 관계를 깨지 않기 위해 내린 선택이 돈을 빌린 사람과 빌려준 사람 모두에게 좋지 못한 결과로 돌아오는 경우를 주위에서 자주 발견할 수 있다.

그 밖에 많은 사람 사이에서 애매한 상황은 진심 어린 '미안하다'는 말로 충분히 해결할 수 있다. 생각이 빠른 사람들에게 제일 부족한 것 중 하나가 미안한 마음을 표현하는 일이다. 앞서 설명한 '영혼이 없다'는 이야기를 듣는 이유처럼 당신은 자주 오해를 받는 경향이 있다. 당신은 사과를 했으니 이 일은 이렇게 잘 마무리되었다고 생각하지만, 사과를 받는 입장에서는 미안하다는 말로는 풀리지 않을 수도 있고, 비록 용서했더라도 감정의 여운은 길게 이어지기도 한다.

때로는 '미안하다'는 말 대신 어느새 상대방을 설득하고 있기도 하다. 그런 뜻이 아니었다며 해명할 시간을 달라고 하지만, 그럴수록 상대방은 더 화만 날 뿐이다. 공감하고, 위로하고, 달래주고, 안심시켜야 할 때 당신은 무의식적으로 '생각'에 빠진다. 생각할 것도, 해야 할 일도 많은 사람에게 과거의 잘못은 금세 뒤로 밀려나기 일쑤다. 하지만 상대방은 당신만큼 빨리 머릿속에서 과거를 털어내지 못했을 때, 여기서 갈등이 발생한다.

당신이 아무런 해결책을 줄 수 없더라도 이미 충분히 미안해하고 죄책감을 느끼고 있다는 감정이 전달되면 그것만으로도 확실한 사과가 될 수 있다. 대부분 사람들이 바라는 것은 입에 발린 말이 아니라 진심이 담긴 공감이기 때문이다.

말과 표정으로 충분히 감정을 전달하지 못했다면 진정한 사과를 위해 두 번째로 필요한 방법은 보상이다. 이는 상대방에 대한 성의의 표시이자, 스스로에게는 일종의 처벌이라고 볼 수 있다. 백번 미안하다고 말하지만 와닿지 않았다면, 그 이후로는 어떻게든 눈에 보이게 보상하지 않으면 상대는 정식으로 사과를 받았다고 느낄 수 없다. 겉으로는 미안한 기색이지만 실제로는 변하지 않을 거라고 판단할 수 있다.

게다가 어쩌면 그런 생각은 틀리지 않을 것이다. 잘못을 하고도 실제적으로 손해를 보지는 않았다면, 죄를 지었지만 벌은 받지 않은 것이다. 그런 경우에는 확률적으로 같은 실수를 되풀이할 가능성이 아주 커진다.

진심으로 미안하고, 누군가에게 죄책감을 느끼고 있다면 자신을 위해서라도 크건 작건 보상을 마련해야 한다. 상대방이 싫어하는 행동을 더 이상 하지 않겠다는 다짐일 수도 있고, 혹은 최대한 빨리 상대방의 마음을 풀어주기 위한 작은 선물일 수도 있다. 무엇이 되었건 실수로 인해 자신에게 분명한 변화가 생길 때 같은 잘못을 되풀이할 확률도 줄어드는 법이다.

우리에겐,
아직, 애착 인형이,
필요하다,

어쩌면 당신은 유달리 이별을 견디기 버
거워할지도 모른다. 무언가와 헤어질 때 크게 감정적인 동요
를 느끼고 그 변화에 적응하는 데 어려움을 느낀다. 성격장애
중에서 경계성인격장애라는 진단을 받은 사람들에게 특히 이
런 성향이 극단적으로 나타난다. 그들은 감정기복이 심하고
분노를 조절하지 못한다. 충동적이며 처음 만난 사람과도 금
세 친해지지만 관계를 오래 이어가지는 못한다. 그러면서 막
상 누군가와 헤어지면 그 허전함을 견디지 못한다. 매달리고,
화내고, 분노한다. 마음이 텅 빈 듯해서 견딜 수 없다.

1990년대 중반 내가 정신과 레지던트였을 때 영국의 유명
한 정신분석가가 한국을 방문한 적이 있다. 그는 한국의 정신

분석사례들을 보면서 영국과는 차이가 크다고 설명했다. 당시 한국에서는 부모와 자식 간의 갈등이 정신분석에서 중요한 주제였다. 정신분석을 받는 환자들의 상당수가 부모의 억압으로 인해서 심리적 갈등을 겪고 있었기 때문이다. 어른이 되어서도 부모의 속박에서 벗어나기 위해 내면에서 거친 싸움을 하고 있었던 것이다.

반면 영국에서는 부모의 심리적 부재가 가장 큰 주제였다. 산업화, 도시화가 급격하게 이루어지면서 부모와 자식이 한 공간에 살고는 있지만 심리적인 유대감이 사라졌다. 그런 가정에서 자란 아이들이 어른이 되면서 심리적 공허함을 호소하고 함께할 대상에 집착하는 경계성인격장애의 증상을 보이는 경우가 많아진 것이다. '혼자'를 견디기 위해서는 부모와 같은 애착 대상에 마음을 의지해야 하는데, 이렇게 마음을 기댈 수 있는 존재가 없으면 감정적으로 불안정한 상태가 지속되면서 감정 기복이 심해지고 다른 사람에게 지나치게 집착을 하는 성격장애가 발생할 수 있다.

지금은 우리나라도 과거의 영국과 유사한 사례들이 주를 이루고 있다. 1990년 중반에 정신분석을 받던 사람들은 대부분 1970년대에 태어난 경우였다. 지금보다 가난한 시절이었지만 가족 중심의 사회였기 때문에 부모와의 유대감은 훨씬 더 끈끈했다. 그런데 우리나라 역시 빠른 경제 성장을 거치면서 가족이 함께 시간을 보내는 가정이 급격히 줄어들었다. 집 안에서도 서로 마주치는 시간이 적어서 가족끼리도 서먹한 분위기로 지내는 가정이 많아졌다.

자연히 부모도 아이와의 관계 형성에 더 서툴러졌다. 그래서 아이가 학교에 들어가면서부터 취업을 할 때까지, 어떤 경우에는 결혼해서 아이를 낳을 때까지 혼내고 다그치기에만 급급하다. 그러나 부모가 아이의 마음에 안정적으로 자리를 잡는 데 가장 중요한 것은 자식을 있는 그대로 받아들이는 일이다. 그래야 아이는 자신이 세상에 존재하는 것만으로도 가치가 있다고 생각하게 된다.

아이가 어릴 때는 무슨 얘기를 하든, 무슨 행동을 하든 예뻐 보인다. 하지만 아이의 성적을 가장 중요하게 생각하고, 성적으로 아이를 판단하게 되면서, 아이 자체에 대한 관심보다 성적에 예민하게 반응하게 된다. 그러면서 그때까지 쌓아온 부모와 자식 사이의 심리적 유대감이 무너지기 시작한다. 아이의 마음속에는 의지할 수 있는 기둥이 망가져버린다.

그러다 보니 혼자 있을 때 괴로운 순간을 견디기 위한 의지

처가 없어진 상태로 어른이 되어버린다. 이제 현대사회에서는
어른도 분리불안에 시달린다. 혼자 남겨졌을 때 마음이 허전
한 심리적 공허감은 성인 남녀 모두가 공유하는 감정이다.

··· "어른이 되고부터는 계속 애인이 있었어요. 헤어지고 나
면 그 허전함을 감당하기가 어려워서 바로 다른 사람을 만
났는데, 막상 관계가 깊어지면 그제야 이 사람은 나랑 잘 안
맞는다고 느끼게 돼요. 나이를 먹을수록 스트레스도 심해지
고 친구들도 저한테 문제가 있다고 해요. 어떻게 하면 좋을
까요?"

허전함을 느끼기 싫어서 아무나 끊임없이 만나봐도 근본적
인 해결책이 될 수 없다. 사람들과 함께 있을 때는 밝은 모습
이지만, 혼자 있을 때 거울을 보면 다른 사람들은 보지 못하는,
고독 속에 괴로워하는 당신의 모습이 보인다. 아무리 사람을
만나도 허전함이 지워지지 않는 이유는 마음에 구멍이 나 있
기 때문이다. 이를 메우지 않는 한 아무리 사람을 많이 만나도
밑 빠진 독에 물 붓기일 뿐이다. 사람이 자신의 마음에 온전히
남기 위해서는 마음에 심리적 공간이 필요하다. 혼자 있는 시
간에도 마음속에 다른 사람의 존재가 남아 있어야, 함께 있다

는 안정감을 느낄 수 있다.

분리불안을 보이던 아이도 자라면서, 눈앞에 엄마가 보이지 않아도 어디엔가 존재한다는 것을 인식하게 되는 순간이 온다. 그 과정에서 때로는 엄마라는 1차적 애착 대상을 대신할 다른 물건, 이를테면 인형이나 베개, 담요 같은 중간 대상에 집착하기도 한다. 아이가 애착 대상을 찾는 것처럼, 우리에게도 외롭고 힘들 때 그런 대상이 필요하다.

나이가 들어서도 마음을 기댈 곳이 없고 어딘가 텅 빈 것 같은 허전함을 느낀다면, 그때마다 우리에게 필요한 애착 대상을 찾아보자. 어떤 것이든 괜찮다. 지칠 때 생각나는 노래, 외로울 때마다 반복해서 보는 영화, 소울 푸드 같은 소소한 것이라도 당신에겐 큰 마음의 위로가 되어줄 수 있을 것이다.

4장.

남들처럼
'무난하게'가 아니라
약간은 '특별하게'

인생의,
돌발 상황에,
대처하기,

　　　　　　유난히 당신에게 갑작스러운 사건 사고
가 많이 생긴다는 느낌이 든 적 없는가? 오늘은 이 일을 하려
고 마음먹었는데 갑자기 저 일이 튀어나와서 하루를 꼬박 써
버렸다던가, 여행을 가려고 돈을 아껴 썼는데 갑자기 친구 결
혼이며 경조사가 생겨 잔고가 마이너스가 되어버린 경험 등.
당신에게 갑자기 깜빡이를 켜고 들어오는 돌발 상황이 빈번하
게 발생하는 것은 왜일까?
　빠르게 결정을 내리고 관심사가 자주 바뀌는 사람들은 계획
을 세우는 데 약한 편이고, 딱히 중요성을 느끼지 못한다. 올
해부터는 다이어리를 써서 중요한 일을 놓치지 않게 체크하겠
다고 다짐하지만 한두 달만 지나도 금세 흐지부지되어버린다.
또한 본인도 자신의 마음이 언제 바뀔지 모른다는 것을 알고

있기 때문에 계획 세우는 일에 딱히 연연하지 않는다.

　그러다 보면 돌발 상황이 발생했을 때 대처하기가 어려워진다. 갑자기 생각지도 못한 문제가 생겼다고 당황하지만 사실 생각해보면 어느 정도 예상할 수 있었던 일인 경우도 많다. 치밀한 계획이 언제나 필요한 것은 아니다. 왠지 일이 잘 풀릴 것 같다는 긍정적인 생각을 갖는 건 좋은 마음가짐이다. 그래서 술술 문제 없이 진행되는 경우도 있고 말이다. 다만 이왕이라면 만약의 상황을 생각해보는 센스까지 더해보는 건 어떨까?

　꼭 구체적이거나 상세할 필요 없이, 지금보다 조금 더 명확하고 조금 더 멀리까지 생각해본 계획이면 된다. 어떤 일인지에 따라 하루에서 일주일, 한 달 단위로 해야 할 일을 메모지에 적어 잘 보이는 곳에 붙여보자. 잊어버려도 스트레스를 받을 필요가 전혀 없다. 방향은 언제 바뀔지 모르니 그때그때마다 기준으로 삼을 정도면 충분하다. 지금 당신이 하고 싶은 일에 마음껏 시간과 노력을 쏟기 위해 아주 약간의 계획적 장치를 걸어두는 것이다.

　계획적이지 못하다는 것은 어떤 면에서는 즉흥적이라는 뜻이기도 한데, 사실 이것저것에 관심이 많고 결단력이 있는 사람들에게는 그런 충동성이 강하게 나타나는 편이다. 그 자체로는 문제가 아니다. 다만 충동성이 위험을 간과하는 성향과 더해질 때는 경계의 마음을 갖는 것도 필요하다. 행동경제학에서는 위험을 대하는 태도에 따라 인간을 위험선호형과 위험회피형으로 나누는데, 예를 들어 충동적이면서 위험선호형이기까지 한 경우에는 항상 돈이 모자라는 경우가 많다. 신기하게도 많이 벌수록 더 씀씀이가 커지는 현상이 발생하기도 한다. 돈이 모자라게 될 때의 위험은 가볍게 생각하면서, 마음에 드는 물건을 발견했을 때 충동적으로 카드를 꺼내드는 손을 멈출 수가 없기 때문이다.

이럴 때 당신이 활용하면 좋을 작은 한 수는 바로 '강박'이다. 이는 계속 확인하고 또 확인하는 성향을 말하는데, 이미 안전하거나 안정적인 상황에서는 과도하고 불필요한 행동일 수 있지만 충동적이고 성급한 면이 있는 사람들에겐 때때로 잘 활용하면 좋은 점검법일 수 있다. 방심하지 않고 지금 자신의 상황을 이리저리 확인하는 과정을 가져보는 것이다.

진화심리학에서는 우리 마음의 모든 성향은 적응에 도움이 되기 때문에 존재한다고 가정한다. 강박 역시 마찬가지다. 과거에 인간은 자연의 변화에 속수무책이었다. 언제 가뭄이 닥치고 언제 홍수가 날지 예측할 수 없었으니 올해가 아무리 풍년이었어도 강박적으로 식량을 아끼고 또 아끼며 겨울을 보낸 사람만이 보릿고개를 넘을 수 있었다.

그래서 계획성이 강박이라는 성향과 연결된다. 즉흥적이고 행동이 빠른 성격이라면 일단 지금 생각난 일은 지금 당장 해치우고 싶어 하는데, 이때 당신에게는 앞으로의 계획을 조금씩 체크해나갈 수 있는 강박에 도움을 받을 수 있다.

덧붙여, 계획을 생각해보기 전에 우선 구체적인 목표에 대해서도 한번 짚어보는 연습을 권한다. 결과 목표와 수행 목표로 나누어 생각해보자. '올림픽 메달을 따야지'라는 건 결과 목표이며, 이는 환경에 영향을 받기 때문에 많은 변수가 존재한다. 내가 노력을 해서 기록을 앞당겼더라도 상대방의 기록이 더 좋으면 내 목표는 이룰 수 없다.

이와 달리 매일 30분씩 운동을 한다거나 매일 1시간씩 책을 읽겠다는, 나의 '행동'에 중점을 둔 계획이 수행 목표에 해당된다. 성과를 높이겠다는 결과 목표보다 가시적으로 결과를 확인할 수 있는 것은 올해부터 30분씩 일찍 출근해서 오늘 할 일과 진행 상황을 미리 확인하겠다는 수행 목표다.

마지막으로 목표를 세울 때의 작은 팁 몇 가지를 소개한다.

① 실현가능한 것

불가능한 목표 또는 너무 달성하기 쉬운 목표보다는 현실적으로 도전해볼 만한 목표를 찾자. 그래야 진심으로 노력도 하고 즐길 수도 있을 것이다.

② 당장 필요한 것

지금 당장 나에게 필요한 일이어야 좋다. 예를 들어 외국에 나갈 계획도 없고 업무에서도 사용하지 않는데 영어 공부를 하는 것은 당신의 의욕을 떨어트릴 수 있다.

③ 한 번에 하나씩만

두 개 이상의 목표는 집중력이 분산되고, 실패했을 때 스스로를 합리화할 가능성이 크다.

④ 숫자를 기준으로

숫자로 표현할 수 있게 정리한다. 달성 수치를 10점 만점으로 표시하고 목표 기간은 짧을수록 좋다.

⑤ 일정을 지킨다

목표를 달성하지 못하더라도 다시 시작하면 되니까 기간을

지키는 것을 최우선 규칙으로 삼아보자.

열등감은,
나의. 힘.

흔히 열등감은 시기, 질투 같은 부정적 감정으로 표현되는데, 사실 열등감에는 두 가지 유형이 있다. 첫 번째인 합리적 열등감은 내가 다른 사람보다 불리한 상황이라는 것을 객관적으로 인식할 수 있게 만든다. 그래서 더 열심히 노력해서 앞으로 나아가게끔 도와준다. 예를 들어 외국에 나가서 유학 생활을 시작하면 당연히 현지인보다 언어 능력이 떨어질 수밖에 없다. 언어 장벽을 느낄 때 그 나라 사람에 대한 감정은 합리적 열등감이다. 이유가 분명하고 오히려 지금보다 더 발전하기 위한 원동력이 되어준다.

외모에 대해서도 적절한 열등감을 느낀다면 외모를 가꾸기 위해 꾸준히 노력할 테고 그 과정에서 자신감도 생긴다. 그래서 스스로, 그리고 다른 사람에게 더 매력적인 사람이 될 수 있다. 모두가 조금씩 나아가려고 노력하는 과정에서 나보다 앞서가는 사람들을 보면서 느끼는 열등감은 너무나 당연하다. 그러한 마음의 변화가 성장하기 위한 노력으로 이어질 때, 그 것을 합리적 열등감이라고 부른다.

반면 잘못된 열등감은 우리의 일상을 파괴하고 아무 때고 이유 없이 나타나 자존감을 잡아먹기 때문에 벗어나기가 어렵다. 미국의 린든 존슨은 부통령으로 재직하다가 케네디 대통령 암살 이후 대통령이 되었다. 그는 케네디의 정책을 이어가겠다고 발표했고 부통령이었음에도 불구하고 케네디의 후광으로 재선에 성공하기도 했다. 하지만 그는 재선 이후에도 하버드대학교 출신에 잘생기고 똑똑해서 모든 사람이 좋아했던 케네디와 자신을 끊임없이 비교했다. 잘못된 열등감에 사로잡힌 그는 더욱 독단적으로 행동하기 시작했고, 결국 미국을 베트남 전쟁이라는 수렁에 빠뜨리고야 말았다.

다른 사람과 나의 특징 하나를 대비하는 열등감은 나를 발전시키는 계기가 될 수 있지만 어떤 사람의 인생과 내 인생을 통째로 비교하는 열등감은 나에게 좌절감만 안겨줄 뿐이다.

… "어릴 때부터 매번 언니랑 비교를 당했어요. 전 그냥 다 평범한 정도인데 언니는 공부도 잘했고 예뻐서, 같은 학교

에 다닐 때는 항상 '네가 ○○ 동생이니?' 이런 얘기를 들었어요. 어딜 가도 전 그냥 언니 동생인 것 같아요. 심지어 부모님한테도요."

상담을 하다 보면 형제자매와 자신을 비교하면서 괴로워하는 사람들을 자주 만날 수 있다. 그런데 막상 이야기를 잘 들어보면 언니는 크게 과장해서 생각하고, 자신은 비하하고 있는 경우가 대부분이다. 언니는 공부를 잘해서 좋은 대학에는 들어갔지만 유학을 준비하거나 공무원 시험을 공부하면서 부모님에게 경제적 부담을 주고 있는 반면, 동생은 상대적으로 공부는 못했어도 벌써 몇 년 전부터 돈을 버는 직장인이다. 딱히 제3자의 입장에서 보기에는 동생이 언니를 부러워할 이유가 전혀 없다. 그런데도 동생은 왜 이런 근거 없는 열등감을 갖게 되었을까?

어려서부터 그렇게 세뇌를 당했기 때문이다. 부모는 상대적으로 공부를 더 잘하고 얌전해서 키우기가 편하니까 무의식적으로 계속 언니를 편애해왔을 것이다. 이런 경우 부모의 세뇌에서 벗어나지 않는 한, 동생은 열등감을 지울 수 없다.

당신도 혹시 근거 없는 열등감에 시달리고 있다면, 전혀 그럴 필요가 없다는 이야기를 해주고 싶다. 자유롭고 적극적인 당신은 체제에 순응하는 수동적인 인간이 될 수도 없고, 될 필요도 없고, 되어서도 안 된다는 점을 명심하자. 당신은 다른 사람의 기대를 채울 의무가 없다. 말을 잘 듣고 얌전한 사람이 되어야 한다는 사회의 세뇌, 가족의 세뇌에서 벗어나자.

잘못된 열등감이 콤플렉스로 자리 잡으면 패배자라는 생각에 스스로를 고립시키기 때문에 아무것도 할 수 없어진다. 그리고 이런 감정은 쉽게 다른 사람에 대한 시기와 질투로 이어진다. 지금의 나는 아무리 해도 도저히 그 사람을 따라잡을 수 없기 때문에 차라리 망가져버리길 바라게 될 수도 있다.

이유 없이 누군가에게 열등감을 느끼고 있다고 생각된다면 이 감정이 합리적인지 아닌지를 생각해보자. 세뇌에서 비롯된 잘못된 열등감이라고 판단되면, 차라리 당신의 열등감을 유발하고 조장하는 그 사람에게서 멀리 달아나라. 부득이하게 멀리할 수 없는 사람이라면 그 사람이 당신의 열등감을 자극할 때 스스로의 산만하고 기운 찬 특성을 살려 의도적으로 신경을 끄고 딴 곳에 관심을 쏟는 연습을 해보자.

반대로 당신의 열등감이 합리적이라면 지금의 감정을 부정하지 말자. 내가 열등감을 느끼고 있다는 걸 인정하고, 잘못된 열등감으로 번지지 않게 마음의 길을 잡아주자. 합리적 열등감은 내가 이상적으로 생각하는 사람에 보다 가까워지기 위한 훌륭한 지렛대가 될 수 있다.

자존감,
계좌에,
입금을 합시다.

내면의 에너지가 넘치는 사람은 자존감도 양극단으로 나뉘는 경향이 있다. 어떨 때는 너무 높아지고 어떨 때는 바닥으로 떨어져서 중간이 없다. 당신의 자존감의 안녕을 위해서는 마음속에 '회색지대'가 필요하다.

대부분 사람의 마음에는 극도로 좋은 것도 아니고 극도로 나쁜 것도 아닌 회색지대가 있는데, 이런 중간 단계가 존재해야 자극을 받고 행동을 하기까지 시간을 벌 수 있다. 그동안 생각과 감정을 정리할 수도 있다. 그런데 당신에게는 이 회색지대의 존재가 미미할지도 모른다. 그래서 자극을 받으면 즉각적으로 반응하며, 좋든 나쁘든 한쪽으로 빨리 결정해야 마음이 편하다.

마음속에 회색지대가 만들어지기 위해서는 당신에게 특정

한 감정을 불러오는 사건이 생길 때, 그 감정의 여운이 마음에
남아야 한다. 그런데 하나의 사건이 지나고 나서 즉시 다른 사
건에 마음을 빼앗기면 감정이 남을 틈이 없다.

내면의 에너지가 넘치는 사람들은 스스로에 대해서도 극단
을 달릴 때가 많다. 다른 사람에게 사소한 일로 칭찬을 받으면
자신이 세상에서 제일 잘난 사람 같지만, 실수를 해서 지적을
받거나 혼이 나면 세상에 이런 멍청이가 없는 것 같다. 어느 날
은 내 인생은 특별할 거라고 생각하다가도 어느 날은 괴로운
노년을 보내게 될까 봐 괴로워한다. 어느 때는 너무 즐겁다가
도 곧바로 죽고 싶어지기도 한다.

새로운 일을 시작할 때도 마찬가지다. 나라면 틀림없이 해
낼 수 있을 것 같지만 조금만 어려움에 부딪쳐도 자존감이 바
닥을 친다. 내가 왜 사서 고생인가 싶다. 매번 자존감과 그에
따른 감정이 천국와 지옥을 오간다. 도통 중간이 없다.

자존감은 자동차로 따지면 충격을 받았을 때 완화시키는 범
퍼 같은 역할을 한다. 이는 성공을 위해서도 필요하지만 시련
에 처했을 때 더욱 중요하다. 뭔가 잘되고 있을 때 자존감이 하
늘을 찌를 듯 올라가는 것은 길게 보자면 별로 도움이 되지 않

는다. 불행에 빠졌을 때 자존감이 인생의 범퍼 역할을 톡톡히 해줘야 하는데, 자존감은 대부분 현재 상태에 영향을 받기 때문에 그러기가 쉽지 않다.

좋은 대학에 들어갔는데 번번이 취업에 실패하는 사람은 기대를 한 몸에 받던 때가 떠올라 괴롭다. 자꾸 과거를 돌아보면 자존감도 크게 낮아질 수밖에 없다. 하지만 이는 아직도 자신의 현실에 비해서 자존감이 높은 것이다. 물론 자존감이 급격히 낮아지는 것에도 부작용이 있다. 완전히 주저앉아버리면 정상 궤도로 다시 끌어올리기까지 훨씬 더 힘과 노력, 시간이 필요하다.

현재 자신의 상황에 비해서 지나치게 자신을 과대평가한다면 결과적으로 문제는 더 악화된다. 억지로 자존감을 올릴수록 이상과 현실의 차이가 더욱 커지기 때문에, 자존감에는 더 큰 타격을 받게 된다. 이때에는 자존감 수업도 소용이 없다. 우선 현실을 받아들이고 자존감을 그에 맞게 조정하는 일이 필요하다.

반대의 경우도 있다. 충분히 열심히 살고 있으면서도 마음은 아직도 불행했던 과거에 사로잡혀 있는 것이다. 현실에서 생긴 문제의 원인도 과거에서 찾는다. 내가 지금 부정적인 감정을 느끼고, 부정적인 생각을 하는 것은 과거의 트라우마에서 벗어나지 못해서라고 단정 짓는다.

삶이 앞으로 나아가기 위해서는 무엇보다 '지금'을 생각해야 한다. 자꾸 과거를 돌아보고 과거를 탓하지만 그것은 해답이 될 수 없다. 과거를 들쑤실수록 과거에 얽매일 뿐이다. 당신이 충실하게 몰입하고 있는 현재가 과거를 밀어내게 하는 것이 정답이다.

사람은 그 무엇보다 현재 상태에 지배를 받는다. 인간관계가 삶의 만족도에 영향을 주지만 사실은 인간관계도 만족도의 영향을 받는다. 그래서 좌절감에 빠졌을 때 주위에 아무도 없는 것 같아 고독하고 외로워진다. 그럴 때 사람들은 '자존감을 높여라'라고 말하지만 우울감에 깊이 빠진 상황에서 갑자기 떨어진 자존감을 끌어올리기가 힘든 것이다.

비유하자면 자존감은 통장 잔고와 같다. 갑자기 돈이 필요할 경우를 대비해서 저축을 하듯이 평소에 느낀 뿌듯함, 자기만족을 자존감 계좌에 입금해야 한다. 그래야 지치고 힘들 때, 사람에게 상처를 받았을 때 계좌에서 자존감을 꺼내 쓸 수 있다. 자존감 계좌가 마이너스가 된 상황이라면 아무리 인출을 하려고 해도 소용이 없다. 어쩌다 좋은 일이 생긴 날에는 나중을 위해 차곡차곡 자존감을 저금해두자.

조금은.
참고.
기다리는연습.

　　　　　　나는 손해를 감수하고서라도 다른 사람
에게 내 몫을 양보할 수 있는 사람일까? 생각이 바로 행동으로
이어지는 사람들은 내가 나서서 다른 사람을 도울 수 있는 상
황이라면 적극적으로 돕는다. 하지만, 오히려 가만히 있어야
도움이 될 때는 참기가 힘들다. 예를 들어 지하철이나 길거리
에서 괴롭힘을 당하는 사람이 있으면 어떻게든 나서서 도움을
주지만, 오히려 혼자 있게 해달라는 가족이나 친구에게는 어
찌할 바를 몰라 전전긍긍한다.

　따라서 이런 유형의 사람에게는 아무것도 하지 않고 인내하
는 순간이 더 큰 괴로움으로 다가오는 때가 많다. 누군가의 말
에 기분이 안 좋아졌는데도 어쩔 수 없이 웃어넘겨야 하는 일
도 고역이다. 자신의 잘못이 아닌 일에 대해 책임진다는 것도

너무나 어려운 일이다.

　…"얼마 전 회사에서 큰 프로젝트가 있었는데, 팀장이 쓴 보고서에 실수한 부분이 그대로 들어갔더라고요. 부장님, 이사님 다 계신 자리에서 제 눈을 똑바로 보면서 제 탓으로 넘기는데…… 순간 너무 어이가 없어서 아무 말도 못했어요. 물론 말단인 제가 잘잘못을 따질 수 있는 자리가 아니기도 했지만요. 그 이후로도 몇 달이 지났는데 아직도 그 순간이 꿈에 나와요."

　우리는 대개 양보를 미덕으로 배우며 자랐지만, 실생활에서 특히 회사에서 다른 사람에게 떠밀려 손해를 참고 넘겨야 한다는 건 몹시 어려운 일이다. 스스로도 이해할 수 있고 처음부터 내가 원했던 일이거나 다른 사람들이 모두 나의 희생을 인정해준다면 그나마 다행이다. 하지만 상황이 여의치 않아서 어쩔 수 없이 내가 희생해야 하는 경우, 두고두고 자신이 바보처럼 여겨진다.
　적극적인 사람들의 강점은 돌파력, 결단력이다 보니 다른 사람을 위해 손해를 감수해야 하거나 자신의 일이 아닌데 책임을 지고 양보하고 참아야 하는 상황이 생기면 자신이 나약하기 때문이라고 생각하게 된다. 양보를 하고, 참고 견디는 것을 약점으로 생각한다. 그래서 더 많이 희생하게 되면 더 큰 패배감에 사로잡히기도 한다.

하지만 긴 측면에서 보면 양보도 손해이기만 한 게 아니다. 어디에선가 누군가는 당신이 어른스럽게 양보하고 희생한 모습을 지켜보고 있을 것이다. 그리고 인식하지 못했겠지만, 당신도 지금까지 이미 여러 번, 어른스럽고 성숙한 다른 사람들의 양보를 받아왔을 것이다. 지금은 조금 억울하고 초조하더라도 희생과 양보가 쌓이면 언젠가 반드시 사람들은 당신을 신뢰하고, 어려운 순간에 당신의 편이 되어줄 것이다.

멀리 보면 이는 오히려 평소에 성급했던 당신에게 더 유리하게 작용하면서 다른 사람들과의 관계를 부드럽게 만들어준다. 어쩔 수 없는 상황에서도 계속 양보하지 않으려 고집하면 결국 억지로 희생당할 수밖에 없다. 그럴 때는 차라리 먼저 나서서 선택권이라도 갖는 것이 지혜로운 방법이다.

어려움이,
닥쳤을 때를 위한,
세 가지 방법,

'되면 하고, 아님 말고.' 당신에게는 다른 사람이라면 위축될 만한 상황에서도 주눅 들지 않고 어려움을 돌파하는 힘이 있지만 그럼에도 당장 어떻게 할 수 없는 상황에 빠지는 경우가 생기기 마련이다. 집채만 한 바위를 망치로 깰 수 없고, 두께가 10센티미터나 되는 철판을 송곳으로 뚫을 수 없다. 그럴듯한 답이 보이지 않는 상황을 맞닥뜨렸을 때는 다음 세 가지 방법 중 하나를 선택할 수 있다.

① 시간이 지나기를 기다리기
② 우회로를 찾아 돌아가기
③ 제3의 방법을 찾아내기

첫 번째 기다리기는 세 가지 중에서 가장 문제 해결의 가능성이 높은 방법이지만 당신은 어떻게 되든 직접 움직이고 정면으로 돌파해야 직성이 풀리는 스타일이라서 가만히 기다리는 걸 제일 답답해한다. 하지만 늪에 빠졌을 때는 허우적댈수록 더 빨리 가라앉는다는 점을 기억하자. 지금껏 문제의 늪에 빠졌을 때 가만히 있지 못하고 계속 빠져나갈 구멍을 찾다가 상황을 악화시키지는 않았는가? 본인이 해결하겠다고 나서서 일을 더 그르치지는 않았는가?

인생에서는 차라리 가만히 있는 편이 최선일 때도 있다. 확실한 답이 보이지 않는 상황이라면 한 발 물러서서 억지로라도 신경을 끄고 다른 일에 집중해보자.

만약 풀리지 않는 문제를 앞에 두고 '분노' 혹은 '두려움'이라는 감정에 사로잡혔다면 기다리기는 더더욱 어려울 것이다. 마음속이 화로 가득 차면 당장 상대방이나 상황을 어떻게든 바꿔버리고 싶은 충동이 당신을 지배하기 때문이다. 그때는 누가 곤란한 요구를 해와도 그저 두려움이라는 감정을 외면하고 싶어서, 상황을 빨리 모면하고 싶은 생각에 상대방이 원하는 대로 해주고 만다. 그렇게 또 후회할 일이 늘어난다.

당신에게 기다림은 익숙해지기까지 시간이 걸리지만 어느 때고 크게 도움을 받을 수 있는 방법이다. 단지 기다리는 것으로 무엇이 바뀌는지 의아할 수도 있다. 하지만 우리가 살면서 마주하는 상황은 대부분 유동적이기 때문에 시간이 흐르는 것만으로 상황은 처음과는 크게 달라질 수 있다.

… "입사를 하자마자 저를 너무 괴롭히는 상사가 있었어요. 인사를 하면 무시하고, 안 하면 혼내고. 당장 그만두고 싶었는데 월세는 내야 하니까 일단 몇 달은 참아보기로 했죠. 근데 그 사이에 제 동기가 사고를 크게 쳐서 저는 아예 관심 밖으로 밀려났어요. 그러고 조용히 다니다 보니 상사가 저보다 먼저 회사를 그만두더라고요. 그때 제가 먼저 그만뒀으면 얼마나 억울했을까 싶어요."

이때 참고 기다리는 대신 직접 만나서 오해를 풀겠다며 상사를 붙잡았다면 문제를 해결하기는커녕 갈등만 더욱 깊어졌을 수도 있다. 대부분은 기다리다 보면 자연스레 나의 감정도 가라앉고 상대방의 마음도 정리된다.

예전에 나는 괴로운 일을 겪으면 잊지 않으려고 감정을 실어 일기장에 꾹꾹 눌러 써놓았다. 하지만 세월이 지난 후 우연히 일기장을 다시 펼쳐보았을 때, 볼펜 잉크가 바랜 만큼 내 마음속의 상처도 많이 흐려져 있었다. 아무리 괴로운 일도 시간이 지나면 잊히기 마련이고 감정의 강도는 조금씩 옅어진다.

두 번째 돌아가기 역시 항상 서두르는 당신에게 꼭 필요한 방법이다. 하지만 당신은 지름길을 앞에 두고 굳이 돌아서 가고 싶지 않을지도 모른다. 돌아가는 길은 대체적으로 더 길고 지루하기 때문이다.

하지만 지금 하고 있는 일에 뚜렷한 비전이 보이지 않아서, 이 길이 나에게 맞는지 확신이 없어서, 아직 다시 시작할 수 있는 나이니까 계속 새로운 길을 찾아 나선다면? 더 빠른 길이라고 생각해서 계속 방향을 조정하지만 이는 결국 경로를 이탈한 셈이다. 가끔은 당신이 지름길이라고 생각했던 쪽이 사실 더 멀리 더 천천히 돌아가는 길일지도 모른다.

마지막으로 기다릴 수도 없고, 돌아갈 수도 없을 때는 다른 사람들이 생각하지 못한 새로운 방법을 찾아내야 한다. 멋지고 그럴듯하지 않더라도, 창의적이고 독특한 방법이 필요할 때다. 이는 생각의 범위가 넓고 자유분방한 사람만이 해낼 수 있다.

오스만 제국의 마호메트 2세가 콘스탄티노플 정복에 나섰을 때였다. 골든 혼이라는 만을 통해 침입하려는 시도가 번번이 실패로 돌아가면서, 도시를 정복하는 데에 어려움을 겪고 있었다. 이때 그에게 기발한 생각이 떠올랐다. 그는 바다로 골든 혼에 진입하는 대신, 반대편 언덕을 넘기로 결심했다. 병사들을 동원하여 언덕에 통나무를 깔아 길을 만들고, 배에 수백 가닥의 밧줄을 묶어서 그 위로 끌어당겼다. 통나무 위로 하룻밤 사이에 70척의 배가 산을 넘어 골든 혼 깊숙이 들어왔다. 바다만 지키고 있던 콘스탄티노플의 방어군은 속수무책으로 당할 수밖에 없었다.

온갖 것에 관심이 많은 사람들은 마호메트 2세처럼 다른 사람들이 생각하지 못하는 방법을 찾아낸다. 정면 돌파를 할 수 없는 상황에서 기다리는 건 참을 수 없고, 돌아갔다가는 실패할 게 분명할 때, 당신처럼 자유로운 생각을 가진 사람이라면 색다른 방법을 찾아낼 수 있다.

지금,
우리에게, 필요한 건,
다소 특별한, 집중력,

　　　　　　어떤 의미에서 우리 모두 어린 시절에는
ADHD, 즉 주의력결핍 과잉행동장애를 겪었을 것이다. 실제
로 아이들은 내적 에너지가 넘쳐서 놀아주다 보면 어른이 먼
저 지치곤 한다. 그렇게 뛰놀던 아이들도 학교에 입학하면서
부모님과 선생님께 지적을 받고, 해야 할 공부가 많아 스트레
스를 받으면 자연히 활발함은 감소한다. ADHD란 결국은 어
린 시절 모두가 한 번은 거치는 과정이다. 단지 어떤 사람에게
는 성인이 되어서도 그 성향이 다른 사람보다는 많이 남아 있
고, 어떤 사람에게는 거의 찾아볼 수 없어지는 것이다.

　　옛날옛적에는 사방에 위험이 널려 있었다. 지금은 벌레를
두려워할 이유가 없지만, 과거에는 벌레에만 물려도 당장 목

숨이 오가는 큰일이었다. 특히 이렇다 할 약도 없던 시절에 체구가 작은 아이들이 조금이라도 독이 있는 벌레에 물렸다가는 금방이라도 생명이 위태로워졌다. 피를 빨려도 문제였고 감염이 되어도 문제였다. 잠시라도 멍하니 있다가는 언제 벌레나 뱀, 쥐에게 물려 죽을지 알 수 없었다. 그래서 그때는 주위의 미세한 변화를 재빨리 감지해서 위험에서 벗어난 아이들만 살아남을 수 있었다. 동물뿐만 아니라 산불이나 홍수, 전쟁 등 모든 천재지변에 대처하는 방법은 오직 빨리 달아나는 일이 최우선이었다. 이처럼 위험천만한 시대에 필요한 건 돌발 상황에 대처하는 다소 특별한 집중력이었다.

인지심리학에서는 집중력을 두 가지로 나눈다. 아프리카 초원에서 영양을 노리는 사자의 모습을 보자. 사자는 영양이 스스로 약점을 드러낼 때까지 꼼짝도 않고 한 자리에서 먹잇감을 지켜본다. 이것은 '하향식 집중력'이다. 목적을 갖고 의도적으로 한 가지에만 집중하는 것이다.

하향식 집중력에서는 방해가 될 수 있는 다른 모든 자극을 무시하는 능력이 필요하다. 정해진 시간 안에 수학 문제를 풀거나 영어 단어를 외울 때 사용되기 때문에, 일반적으로 집중력이라고 하면 하향식 집중력을 떠올린다.

그런데 사자가 완벽한 기회라고 생각하고 영양에게 달려들어도 실패할 때가 많다. 풀숲에 미세한 변화를 일으킨 사자의 움직임을 감지한 영양이 그때부터 죽어라고 달아나기 때문이다. 사자가 아무리 잘 숨어 있어도 이를 알아채는 영양의 집중력이 '상향식 집중력'이다. 환경에 평소와 다른 변화가 있거나 갑자기 변화가 생기면 이를 알아채는 능력이다.

우리는 지금껏 한 번도 두 가지 집중력의 차이에 대해 생각해본 적이 없었을 것이다. 한 자리에 앉아 계속 일에만 몰두하지 못하면 일괄적으로 '집중력이 부족하다'고 판정을 내렸다. 그래서 '나는 원래 그런 사람'이라고 생각하며 스스로에 대한 편견을 굳게 쌓아왔던 것이다. 그러나 하나에 잘 집중하지 못하고 산만한 성향이 오히려 위기 상황에서는 눈치가 더 빠르다. 상향식 집중력이 있는 것이다.

일반적인 기준으로 아이들을 대하다 보면 상향식 집중력이 뛰어난 아이들은 쉽게 집중력이 부족하다는 편견을 얻게 된다. 선생님은 내면에 에너지가 넘쳐서 호기심이 많은 아이들에게 엄한 표정으로 친구들에게 방해가 된다고 주의를 주는데, 이렇게 어릴 때 어른들에게 듣는 한마디 한마디가 아이가 자라는 데에는 결정적인 영향을 주기도 한다.

그러나 ADHD에 가까운 산만한 성향도 지나고 보면 사실 심각한 문제가 아니다. 대체로 어릴 때는 장난기 많고 산만했던 아이도 청소년기를 지나고 성인이 되면 활동성이 줄어들면서 오히려 빠릿빠릿하고 눈치도 빨라서 일을 잘한다는 칭찬을 듣게 되는 경우도 많다.

결국은 단지 성향의 차이일 뿐이다. 하향식 집중력이 좋아서 의과대학을 1등으로 졸업했어도 수술실에서 응급상황이 발생하면 당황해서 어쩔 줄을 모른다. 오히려 그때 빠른 처치로 환자를 구하는 것은 상향식 집중력이 뛰어난 의사다. 지금처럼 하루가 다르게 변화하는 속도에 맞추기 위해서 지금 우리에게 더욱 필요한 능력은 하향식 집중력이 아니라 상향식 집중력이 아닐까.

인간은,
너무,
다면적이어서.

　　　　　흔히 호기심이 많거나 계속 뭔가를 시도
하는 사람은 어디서나 밝고 외향적일 거라고 생각한다. 하지
만 내적인 성향을 보이는 사람도 의외로 많다. 혼자 여행을 자
주 다니거나 항상 무언가를 부지런히 배우고 있는, 즉 내면의
에너지 레벨이 높은 '내적인 적극성'을 가진 사람이다. 이런 유
형이 내성적으로 보이는 까닭은 마음이 맞지 않는 사람들과
억지로 어울리지 않기 때문이다. 당신도 언제고 자신의 성향
을 지적당할 수 있는 불편한 상황을 가급적 피하고 싶을 것이
다. 하지만 자신을 이해하는 사람들과 함께일 때 누구보다 쾌
활하고, 자유분방한 성향을 드러낸다.

　　우리나라에는 '모난 돌이 정 맞는다'는 나쁜 속담이 있어서

'남들처럼' '무난하게'를 미덕으로 여겼다. 요즘도 '하던 일이나 잘하라'거나 '가만히 있으면 중간은 간다'는 말이 심심치 않게 들려온다.

'내적인 적극성'을 가진 당신은 다른 사람의 평가에 특히 민감해서, 일찍이 자신의 적극적인 성질을 숨기는 법을 터득했다. 그래서 처음에는 남들이 한눈에 당신의 내적 활발함을 파악하기가 쉽지 않고, 심지어 당신 스스로도 아직 깨닫지 못한 경우도 적지 않다. 그렇게 원래 자신의 정체성을 잊은 채로 지내다가 나이를 한참 먹고 난 뒤 심리검사에서 자신에게 적극적인 면이 크다는 결과를 받고 당황하는 어른들도 많다.

당신이 혼자일 때를 더 편하게 생각하는 이유는 자신이 진심으로 원하는 것에 더 많은 시간을 보내고 싶기 때문이다. 패키지 여행보다는 자유여행을, 혼자 혹은 마음이 맞는 특정한 친구와의 여행을 선호한다. 잘 모르는 사람들과 어색한 대화를 하느라 시간을 낭비하고 싶지 않을 것이다. 단지 몸이 편하자고 마음이 불편한 사람과 어울리지 않는다. 반면에 본인이 꼭 가보고 싶었던 곳에서 시간을 보내기 위해서는 고생을 마다하지 않는다.

인생이라는 긴 여행에서도 마찬가지다. 당신은 억지로 다른 사람의 기준에 맞추려고 노력하지 않는다. 다만 주체적으로 그리고 적극적으로 살기 위해서 매 순간 최선을 다한다. 아주 묵묵히.

모든 개인의 성향들은 독립 변수로 작용한다. 자극을 추구하는 사람은 끈기가 없을 것 같지만 10년, 20년 동안 꾸준히 활동한 가수나 배우 등 연예인들은 자극추구도와 끈기가 모두 상당히 높게 나타난다. 어지간해서는 화를 내지 않는 사람이라면 연대감이 높을 거라고 생각하지만 꼭 그렇지도 않다. 사교적이지는 않아도 다른 사람에게 화를 내는 일이 절대 없는 사람들도 있다. 다른 사람이 나에 대해 어떻게 생각할지에 민감하기 때문에 쉽게 화가 나지만 밖으로 표현은 못하는 경우다. 하나의 상황, 한 가지 성격만으로 다른 사람을 판단하기란 절대 불가능하다.

예로부터 동양에서는 인간을 '소우주'라고 불렀는데, 이는 세상 모든 사람은 절대 타인이 완벽하게 이해할 수 없는 다양하고 무한한 생각을 갖고 있기 때문이다. 나도 상담을 할 때마다 새삼 세상에 똑같은 사람은 한 명도 존재하지 않는다는 사실을 깨닫는다.

인간이 특정 성향을 띠고 태어나는 것은 뇌에서 발생하는 일이라 어쩔 수 없다. 하지만 같은 사람이라도 어떤 사회에서, 어떤 가정에서, 어떻게 성장하느냐에 따라서 어른이 되었을 때의 모습은 판이하게 달라진다. 아이에게 짜증을 내고 심지어 체벌이라는 명목으로 폭력을 가하는 부모 밑에서 자라면 아주 일반적인 충동성도 쉽게 공격성으로 변한다.

반면 같은 아이가 자상하고 인내심이 많은 부모 밑에서 충분한 사랑을 받고, 학교에서도 존중받으며 성장했다면 충동성은 결단력으로, 과잉행동은 활력과 에너지가 넘치는 긍정적인 성격으로 탈바꿈할 수 있다. 이런 성향이 어른이 되어서도 이어진다면 어렵고 고된 일을 하면서도 지치지 않으며 시련을 당해도 꺾이지 않는, 이른바 회복탄력성이 높아지는 것이다.

긍정적이고 편안한 환경에서는 당신 마음속의 밝고 쾌활한 면이 가감 없이 드러난다. 하지만 그러면서도 걱정이 많은 면은 사라지지 않는다. 활발한 사람은 용감하게 시도하고 결단을 내리기도 하지만, 의외로 자극을 추구하면서 동시에 겁도 많은 경우들도 종종 나타난다. 이런 경우라면 내적 갈등이 많아 괴로운 일이 많을지도 모르지만 그만큼 적절하게 자신의 충동성을 제어할 수도 있다.

일반적으로 적극적인 사람은 사람들과 어울리기를 좋아할 거라고 생각하지만 그러면서도 가까운 사람하고만 어울리는 사람도 많다. 마음이 편하지 않으면 내면의 적극성도 나타나지 않는 것이다. 어렸을 때는 지나치게 활발해서 모르는 사람들과도 쉽게 친해지고 사람들에게 주목받기를 좋아하지만, 어른이 되면서 적극성이 줄어들면 내성적인 성격이 드러나기도 한다.

하지만 적극적이면서 내성적인 성격은 자신이 어떤 사람인지 스스로 깨닫기만 한다면 적극적인 사람의 장점과 내성적인 사람의 장점을 모두 갖고 있기 때문에 누구보다 특별한 장점이 된다. 내적 에너지가 넘치고 사람을 좋아해서 사람을 만나는 데에 지나치게 많은 시간을 들일 수도 있는데, 이럴 때 내성적인 성격은 절대 다른 사람에게 먼저 만나자고 청하지는 않게 하면서 자연스럽게 일정을 조절해주는 것이다.

또한 흔히 산만한 사람은 끈기가 없을 거라고 생각한다. 그래서 여기저기에 관심을 주다가 금세 식어버린다는 편견을 얻는다. 하지만 새로운 일에 대한 적극성과 끈기는 독립적으로 작용한다. 활발하고 호기심이 많은데 좋아하는 일에는 끈기도 있기 때문에 스스로 충분히 만족할 때까지, 자신의 기준을 채울 때까지 질리지 않는다.

물론 중간중간 인터넷도 하고, SNS도 하고, 간식도 먹으며 딴짓의 할당량을 채워넣지만, 그래도 본인이 생각한 만큼의 일은 끝까지 해낸다. 이런 유형의 사람이 완벽하게 일을 끝내기 위해서는 사이사이 딴짓이 그래서 더 도움이 된다. 건물을 짓다 보면 먼지가 날리지 않을 수 없고, 가구를 만들다 보면 톱밥이 생기지 않을 수 없듯이, 끈기가 필요한 일을 오래 붙들고 있다 보면 딴생각이 끼어들 수밖에 없다. 당신의 하루하루는 딴짓, 딴생각이 있기에 보다 빨리 흘러갈 수 있는 것이다.

당신의 하루하루는 딴짓,
딴생각이 있기에 보다 반짝일 수 있다

에필로그

딴짓좀 해도
인생은
잘 돌아갑니다

앞서 여러 번 강조했듯이 인간은 잘 변하지 않는다. 타고난 성격과 자라온 환경에 따라 조금씩 완성되어온 나를 다른 사람의 기준, 세상의 기준에 맞추기란 거의 불가능하다. 따라서 나를 바꾸는 대신, 나에게 맞는 환경이 무엇인지 찾아내는 것이 훨씬 더 빨리 나를 행복하게 만드는 방법이다.

지금 당신 앞에는 옆 마을로 옮겨야 하는 물이 가득 담긴 물통 100개가 있다. 100개의 물통을 나르는 데는 여러 가지 방법이 있다. 한 번에 100통을 모두 나르기에는 너무 무거우니 한 번에 한 통씩 왔다 갔다 한다. 그러다 점차 한 번에 10통씩 10번에 나눠서 나르는 방법을 선택하기 시작하고, 시간이 지나자 그 방법이 마치 관습처럼 굳어졌다. 모두가 그게 유일한 방법이라고 생각하면서 살게 된다.

하지만 만약 당신이 다른 사람보다 물통을 손에 쥐는 힘이 약한 대신 훨씬 더 빨리 뛸 수 있는 사람이라면? 당신은 모두가 사용하는 방법보다 한 번에 한 통씩 100번을 왕복하는 쪽으로 더 빨리 물통을 나를 수 있다. 하지만 그 방법으로 물통을 모두 나를 동안 옆에서 많은 사람들은 그건 틀렸다며, 물통을 드는 힘을 키우라는 잔소리와 충고를 늘어놓을 것이다. 하지만 당신은 남들과는 다른 재능이 있고, 이를 더 효율적으로 사용하기 위해서 필요한 것은 더 빨리 뛸 수 있는 다리 운동이다.

당신의 장점이 빠르다는 데 있다면 당신은 어떻게 더 빨리 살아갈 수 있을지, 그리고 빠르게 살다 보면 어떤 실수가 생길 수 있을지를 생각하면 된다. 지금까지 주위에서는 수없이 당신에게 끈기가, 집중력이 부족하다며 지적을 해왔고, 그래서 나를 바꾸기 위해 여러 번 시도했을 것이다. 그러나 약점을 보완할 수는 있지만 절대로 강점으로 바꿀 수는 없다. 발빠른 당신이 더 발전하고 싶다면 완벽하려 하기보다 지금보다 더 빨리 생각하고, 더 빨리 판단하고, 더 빨리 결정하고, 더 빨리 행동하는 편이 현명하다.

딴짓을 하면서 천천히 일하다가 단시간에 집중해서 일을 해치우는 방식을 사람들은 '벼락치기'라고 부르며 나쁜 습관이라고 여기지만, 이는 당신에게 잘 어울리는 방식이다. 미리 조금씩 해두면 얼마나 좋으냐고 잔소리를 하지만, 어차피 언젠가는 마칠 일을 굳이 다른 사람의 기준, 다른 사람의 방식을 따를 필요는 없다.

당신의 내면에는 무수히 많은 성향이 잠재되어 있다. 적극적이면서 내성적이기도 하고, 호기심이 많지만 관심이 없는 일에는 눈길도 주지 않는다. 다양한 측면을 가진 당신의 인생은 당신이 바라는 요소들이 모여 빛을 낼 것이다. 앞으로도 어떤 일에든 당신의 기준을 버리지 말자. 그게 딴짓이라고 하더라도 말이다. 딴짓 좀 하면서 살아도 인생은 충분히 잘 돌아가게 되어 있다.

마음이 콩밭에 가 있습니다

초판 1쇄 발행 2018년 2월 19일
초판 4쇄 발행 2018년 6월 11일

지은이 최명기
펴낸이 김선식

경영총괄 김은영
기획편집 박인애 **디자인** 이주연 **크로스교정** 임보윤 **책임마케터** 최혜령
콘텐츠개발1팀장 한보라 **콘텐츠개발1팀** 임보윤, 이주연, 박인애
마케팅본부 이주화, 정명찬, 최혜령, 이고은, 이승민, 김은지, 배시영, 유미정, 기명리
전략기획팀 김상윤
저작권팀 최하나, 추숙영
경영관리팀 허대우, 권송이, 윤이경, 임해랑, 김재경, 한유현
외부스태프 일러스트 이민경drawingmary

펴낸곳 다산북스 **출판등록** 2005년 12월 23일 제313-2005-00277호
주소 경기도 파주시 회동길 357 3층
전화 02-702-1724 **팩스** 02-703-2219 **이메일** dasanbooks@dasanbooks.com
홈페이지 www.dasanbooks.com **블로그** blog.naver.com/dasan_books
종이 ㈜한솔피엔에스 **출력·인쇄** ㈜갑우문화사

ISBN 979-11-306-1597-4 (03810)

다산북스(DASANBOOKS)는 독자 여러분의 책에 관한 아이디어와 원고 투고를 기쁜 마음으로 기다리고 있습니다.
책 출간을 원하는 아이디어가 있으신 분은 이메일 dasanbooks@dasanbooks.com 또는 다산북스 홈페이지 '투고원
고'란으로 간단한 개요와 취지, 연락처 등을 보내주세요. 머뭇거리지 말고 문을 두드리세요.